ROBERT LOUIS STEVENSON

Das Haus in den Dünen

ROBERT LOUIS STEVENSON

Das Haus in den Dünen

Erzählung

Aus dem Englischen übersetzt von Heinrich Conrad

Reclam

RECLAMS UNIVERSAL-BIBLIOTHEK Nr. 14691
2025 Philipp Reclam jun. Verlag GmbH,
Siemensstraße 32, 71254 Ditzingen
info@reclam.de
Umschlaggestaltung: Philipp Reclam jun. Verlag GmbH
Umschlagabbildung: © Gutentag-Hamburg
Druck und Bindung: Esser printSolutions GmbH,
Untere Sonnenstraße 5, 84030 Ergolding
Printed in Germany 2025
RECLAM, UNIVERSAL-BIBLIOTHEK und
RECLAMS UNIVERSAL-BIBLIOTHEK sind eingetragene Marken
der Philipp Reclam jun. GmbH & Co. KG, Stuttgart
ISBN 978-3-15-014691-0
reclam.de

Das Haus in den Dünen

Erstes Kapitel

Ich schlage in dem Strandwald bei Graden mein Lager auf und entdecke ein Licht im Pavillon

Ich war in meinen jungen Jahren ein großer Einsiedler. Es war mein Stolz, mich aus eigener Kraft durchzubringen und selbst für meinen Unterhalt zu sorgen; und ich kann sagen, dass ich weder Freunde noch Bekannte hatte, bis ich jene Freundin traf, die meine Frau und die Mutter meiner Kinder wurde. Nur mit einem einzigen Mann hatte ich eine Zeitlang einen engeren Umgang; dies war R. Northmour, der Besitzer von Graden Easter in Schottland. Wir hatten uns im College kennengelernt; und obwohl wir uns nicht besonders gern mochten oder auch nur näher miteinander zu tun hatten, so stimmte unsere Gemütsanlage doch so sehr überein, dass wir uns ganz gut vertrugen. Wir hielten uns für

Menschenfeinde; doch bin ich später zu der Auffassung gelangt, dass wir ganz einfach nichts weiter als mürrische Burschen waren.

Unser Verhältnis war eigentlich keine Kameradschaft, sondern ein Nebeneinanderleben in Ungeselligkeit. Northmours überaus heftiges Temperament machte es ihm nicht leicht, mit irgendeinem Menschen in Frieden zu leben, außer mit mir. Und da er mich in meinem stillen Wesen akzeptierte und ich kommen und gehen konnte, wie ich wollte, war es mir möglich, das Zusammensein mit ihm ohne Widerwillen zu ertragen. Ich denke, wir nannten einander Freunde.

Als Northmour sein Examen machte und ich mich dafür entschied, von der Hochschule ohne ein solches abzugehen, lud er mich zu einem Dauerbesuch nach Graden Easter ein; und so lernte ich erstmals den Schauplatz meiner Abenteuer kennen.

Das Herrenhaus von Graden stand in einer öden Heidelandschaft, etwa drei Meilen von der Küste der Nordsee entfernt. Es war so groß wie eine Kaserne; und da es aus weichem Stein erbaut war, der in der scharfen Seeluft leicht verwitterte, war es innen feucht und zugig, von außen aber halb zur Ruine verfallen. Ein behaglicher Aufenthalt für zwei junge Leute konnte ein solcher alter Kasten nicht sein. Aber im nördlichen Teil des Besitzes, in einer Wildnis von Dünen und beweglichen Sandhügeln, zwischen einer Baumpflanzung und der See stand ein kleiner Pavillon, eine Art Belvedere, eine moderne Anlage, die ganz und gar unseren Bedürfnissen entsprach.

In dieser Einsiedelei verbrachten Northmour und ich vier stürmische Wintermonate. Wir sprachen wenig, lasen viel und verbrachten außerhalb der Mahlzeiten kaum Zeit miteinander. Ich wäre vielleicht länger geblieben; aber in einer Märznacht kam plötzlich ein Streit zwischen uns auf, der mich zur Abreise nötigte. Ich erinnere mich, dass Northmour zornige Worte gebrauchte, und ich habe ihm vermutlich eine scharfe Antwort darauf gegeben. Er sprang von seinem Stuhl auf und packte mich. Ich musste um mein Leben kämpfen – das ist keine Übertreibung –, und nur mit großer Anstrengung wurde ich seiner Herr; denn er war beinahe ebenso stark wie ich und schien den Teufel im Leib zu haben. Am nächsten Morgen benahmen wir uns, wie wenn nichts vorgefallen wäre; aber mein Feingefühl ließ es mir besser erscheinen, sein Haus zu verlassen, und er machte auch keinen Versuch, mich von diesem Vorsatz abzubringen.

Es dauerte neun Jahre, bis ich wieder in diese Gegend kam. Ich wanderte damals mit einem Planwagen, einem Zelt und einem kleinen, tragbaren Kochherd. Den ganzen Tag ging ich zu Fuß neben dem Wagen her, und nachts schlug ich mein Lager, wenn es möglich war, in einer Talmulde oder am Rand eines Waldes auf. Ich glaube, ich durchzog auf diese Weise die meisten wilden und öden Gegenden, sowohl in England als auch in Schottland. Da ich weder Freunde noch Verwandte hatte, plagte mich kein Briefwechsel, und ich hatte kein Hauptquartier, es sei denn, man zählte das Büro meiner Anwälte dazu, von denen ich zweimal im Jahr mein Einkommen bezog. Mich entzückte ein solches Leben, und ich war fest überzeugt, dass ich als ein solcher Landstreicher alt werden und schließlich in einem Straßengraben sterben würde. Die einzige Aufgabe für mich bestand darin, abgelegene Winkel zu finden, wo ich ohne Furcht vor Spionen mein Lager aufschlagen konnte. Als ich mich in einem anderen Teil dieser Grafschaft befand, fiel mir plötzlich das Haus in den Dünen ein. Keine große Landstraße führte im Umkreis von drei Meilen an ihm vorüber. Die nächste Stadt – und auch diese war eigentlich nur ein Fischerdorf – lag sechs bis sieben Meilen entfernt. In einer Länge von zehn

Meilen und in einer Breite von einer halben bis zu drei Meilen erstreckte sich diese Einöde am Meer entlang. Der Strand, der den natürlichen Zugang bildete, war voll von Treibsandstellen. Ich darf wohl sagen, es gibt im ganzen Vereinigten Königreich kaum einen besseren Ort, um sich vor der Welt zu verbergen. Ich beschloss, eine Woche im Strandwald bei Graden Easter zuzubringen, machte einen langen Tagesmarsch und traf an einem stürmischen Septembertag gegen Abend dort ein.

Die Gegend bestand, wie ich schon sagte, aus Sandhügeln und den sogenannten *links*. *Links* ist ein schottischer Begriff für Dünen, also Sand, der nicht mehr wandert und mehr oder weniger fest mit Gras bewachsen ist.

Der Pavillon stand auf einer ebenen Fläche; dicht dahinter begann der Wald mit einer von den Winden zerzausten Holunderhecke; auf der Vorderseite befanden sich ein paar zackige Sandhügel zwischen dem Haus und dem Meer. Felsgestein, das an dieser Stelle zum Vorschein kam, hatte eine Schutzwehr für den Sand gebildet, so dass hier ein Vorgebirge zwischen zwei seichten Buchten ins Meer vorsprang. Unmittelbar vor der Flutlinie tauchte der Fels wieder auf und bildete eine zwar kleine, aber sich deutlich abgrenzende Insel. Die Treibsandstellen waren bei niedrigem Wasserstand groß und in der ganzen Gegend wegen ihrer Gefährlichkeit berüchtigt. Man sagte, dicht am Strand, zwischen der Insel und dem Vorgebirge, werde ein Mensch in viereinhalb Minuten von ihnen verschluckt; es kann aber gut sein, dass diese genaue Zeitbestimmung wenig begründet war.

Der ganze Ort wimmelte von Kaninchen, und unzählige Möwen flatterten und kreischten ständig um das Haus herum.

An Sommertagen hatte man eine schöne Aussicht, ja die Gegend machte dann einen geradezu fröhlichen Eindruck; aber an einem Septemberabend mit starkem Wind und einer schweren Brandung, die unmittelbar an den Dünen schäumte, konnte man an diesem Ort nur an ertrunkene Seeleute und Schiffbrüche denken. Ein Segelschiff, das sich am Horizont mühsam gegen den Wind vorankämpfte, und ein im Treibsand dicht unter mir halbvergessenes großes Wrack vervollständigten das Bild.

Dem Haus war noch nicht viel von seinem Alter anzumerken, auch wenn es schon vom vorigen Besitzer, Northmours Onkel, einem einfältigen und verschwenderischen Kunstliebhaber, erbaut worden war. Es war zwei Stockwerke hoch, in italienischem Stil errichtet; ein kleiner Garten umgab es, worin nur einige Herbstblumen wuchsen. Mit seinen geschlossenen Fensterläden sah es nicht wie ein verlassenes Haus aus, sondern als ob es überhaupt noch niemals von Menschen bewohnt gewesen wäre.

Northmour war offenbar nicht zu Hause; ob er nach seiner Gewohnheit verdrossen in der Kajüte seiner Segeljacht hockte oder einen seiner phantastischen Ausflüge in die Welt und Gesellschaft machte, wozu ihn ab und zu ein plötzlicher Einfall trieb – das konnte ich natürlich nicht wissen. Über dem Ort lag eine Einsamkeit, die selbst für einen Einsiedler wie mich etwas Beängstigendes hatte; der Wind heulte mit seltsam klagenden Tönen in den Schornsteinen; und mit einem Gefühl der Erleichterung, als ob ich heimkäme, wandte ich mich ab und betrat hinter meinem Karren den Saum des Waldes.

Der Strandwald bei Graden war angepflanzt worden, um die Äcker dahinter zu beschützen und dem landwärts vordringenden Dünensand Einhalt zu gebieten. Wenn man ihn von der Küste her betrat, sah man hinter den Holundersträuchern andere anspruchslose Bäume;

sie waren aber allesamt verkrüppelt und eigentlich nur Gebüsch. Sie hatten einen harten Kampf um ihr Dasein zu führen: In wilden Winterstürmen bogen sie sich ganze Nächte lang; schon im Frühsommer wirbelten die fallenden Blätter und begann der Herbst. Zum Land hin stieg der Boden zu einem kleinen Hügel an, der mit der Insel zusammen den Schiffern als Landmarke diente. Wenn der Hügel Richtung Norden neben der Insel hervortrat, mussten die Schiffe gut Richtung Osten halten, um an Graden Ness und Graden Bullers vorbeizukommen.

Wo der Hügel sich senkte, floss ein Bächlein zwischen den Bäumen durch; das von ihm mitgeführte Erdreich und das tote Laub hatten hier und da Dämme gebildet, und der Bach war an vielen Stellen übergetreten, so dass stehende Wasserlachen entstanden waren. Ein paar zerfallene Hütten lagen in diesem Wald; wie Northmour mir erzählt hatte, waren es geistliche Niederlassungen gewesen, die früher fromme Eremiten beherbergt hatten.

Ich fand eine Höhle oder kleine Bodeneinsenkung mit einer Quelle frischen Wassers. Dort rodete ich die Brombeerstauden aus, schlug mein Zelt auf und machte ein Feuer an, um mir mein Abendessen zu kochen.

Mein Pferd pflockte ich etwas tiefer in den Wald hinein an, wo ein Rasenfleck war. Die Ränder der Höhle verbargen nicht nur den Schein meines Feuers, sondern schützten mich auch gegen den starken und kalten Wind.

Meine Lebensweise war zu jener Zeit abhärtend und mäßig. Ich trank niemals etwas anderes als Wasser und aß selten eine bessere Speise als Hafermehl; und ich brauchte so wenig Schlaf, dass ich oftmals, obwohl ich schon mit der Morgendämmerung aufstand, lange Stunden im Dunkeln wach lag oder die Sterne am Nachthimmel betrachtete.

So ging es mir auch jetzt im Strandwald bei Graden; obwohl ich bereits um acht Uhr mit dankbarem Herzen einschlief, war ich schon vor elf Uhr wieder vollkommen wach, ohne die geringste Schläfrigkeit oder Übermüdung zu spüren. Ich stand auf und setzte mich ans Feuer, sah, wie sich die Bäume im Sturm bogen und die Wolken oben am Himmel entlangjagten, und horchte auf den Wind und auf das Brausen der Wogen am Strand, bis ich schließlich genug von der Untätigkeit hatte, meine Talmulde verließ und zum Waldrand schlenderte. Ein junger Mond, in Nebel vergraben, schenkte meinen Schritten ein schwaches Licht, aber das Licht wurde heller, als ich in die Dünen hinausging. In demselben Augenblick traf mich der Wind, der vom Seewasser salzig schmeckte und Sandkörner mit sich führte, mit voller Gewalt ins Gesicht, so dass ich meinen Kopf senken musste.

Als ich ihn wieder erhob, um mich umzusehen, bemerkte ich im Pavillon ein Licht. Es blieb nicht auf einer Stelle, sondern wanderte von einem Fenster zum anderen, als ob jemand die verschiedenen Räume mit einer Lampe oder Kerze untersuchte. Sehr überrascht, beobachtete ich dieses Licht einige Sekunden lang. Als ich am Nachmittag gekommen war, war das Haus offenbar verlassen gewesen; jetzt wurde es ebenso offenbar bewohnt. Es war mein erster Gedanke, dass vielleicht eine Diebesbande eingebrochen wäre und jetzt Northmours Schränke plünderte; dieser Schränke waren viele, und sie waren nicht übel ausgestattet. Aber was konnte Diebe nach Graden Easter verlocken? Und dann – alle Fensterläden waren geöffnet worden; dem Charakter solcher Leute hätte es eher entsprochen, sie zu schließen. Ich verwarf also diese Annahme und entschied mich für eine andere: Northmour selber musste eingetroffen sein und war jetzt dabei, das Haus zu lüften und zu mustern.

Ich habe bereits gesagt, dass zwischen ihm und mir keine wirkliche Zuneigung sei; aber hätte ich ihn sogar wie einen Bruder geliebt, damals war ich so viel mehr in Einsamkeit verliebt, dass ich trotzdem seiner Gesellschaft ausgewichen wäre. So machte ich also kehrt und lief davon, so schnell ich konnte, und ich empfand eine aufrichtige Befriedigung, als ich wieder ruhig bei meinem Feuer saß. Ich war der Begegnung mit einem Bekannten entgangen: also hatte ich noch eine behagliche Nacht vor mir. Am Morgen konnte ich mich entweder drücken, bevor Northmour auf den Beinen war, oder ich konnte ihm einen Besuch machen, der so kurz oder so lang war, wie es mir passte.

Als es aber Morgen wurde, kam mir die ganze Lage so lustig vor, dass ich meine Menschenscheu vergaß. Northmour war mir ausgeliefert; ich traf meine Vorbereitungen zu einem guten derben Scherz, obwohl ich sehr gut wusste, dass mein Nachbar nicht der Mann war, mit dem man ohne weiteres seinen Spaß treiben konnte. Ich kicherte schon im Voraus bei dem Gedanken an meinen Erfolg und versteckte mich hinter den Holundersträuchern am Waldrand, von wo aus ich die Tür des Hauses stets im Auge hatte. Die Fensterläden waren alle wieder geschlossen, und das kam mir, wie ich mich noch erinnere, sonderbar vor; das Haus mit seinen weißen Mauern und grünen Fensterläden sah im Morgenlicht adrett und wohnlich aus.

Stunde um Stunde verging, und noch immer war von Northmour keine Spur zu sehen. Ich wusste, dass er ein Langschläfer war; als es aber beinahe Mittag geworden war, da verlor ich die Geduld. Um die Wahrheit zu sagen, hatte ich mir vorgenommen, in dem Pavillon zu frühstücken, und der Hunger begann an meinen Eingeweiden zu nagen. Es war jammerschade, die Gelegenheit zu einem lustigen Streich ungenutzt vorübergehen zu lassen; aber der derbere Hunger nach Speise war stärker – ich verzichtete mit Bedauern auf meinen Spaß und verließ den Wald.

Das äußere Aussehen des Hauses erfüllte mich, als ich näherkam, mit Unruhe. Es schien seit dem vorigen Abend unverändert zu sein; ich aber hatte – ich weiß eigentlich selbst nicht warum – erwartet, es werde einige äußerliche Merkmale tragen, dass es bewohnt sei. Aber nein: die Fenster waren alle dicht geschlossen; aus dem Schornstein stieg kein Rauch auf, und die Holztür war sogar mit Vorhängeschlössern versehen. Northmour war also am vorigen Abend durch die Hintertür hereingekommen; dies war die natürliche, ja die notwendige Schlussfolgerung; und man kann sich vorstellen, wie überrascht ich war, als ich um das Haus herumgegangen war und die Hintertür in gleicher Weise verriegelt fand.

Sofort verfiel ich wieder auf die ursprüngliche Annahme, dass Diebe dagewesen seien; und ich machte mir selber scharfe Vorwürfe, dass ich in der vorigen Nacht untätig geblieben war. Ich untersuchte alle Fenster im Erdgeschoss, aber an keinem von ihnen waren Spuren von einem gewaltsamen Eingriff vorhanden; ich testete die Vorhängeschlösser, aber sie waren beide in gutem Zustand. Es war also rätselhaft, wie die Diebe – wenn es Diebe waren – es fertiggebracht hatten, ins Haus zu gelangen. Ich sagte mir, sie müssten auf das Dach des Vorhauses geklettert sein, wo Northmour seine photographischen Aufnahmen zu entwickeln pflegte, und mussten dann von dort aus, entweder durch das Fenster des Studios oder durch das meines früheren Schlafzimmers, ihren Einbruch vollends bewerkstelligt haben.

Ich folgte ihrem von mir angenommenen Beispiel, kletterte auf das Dach und untersuchte die Fensterläden der beiden Zimmer. Beide waren verriegelt; aber dadurch ließ ich mich nicht unterkriegen, und es bedurfte nur einer kleinen Kraftanstrengung, und einer der Läden flog zurück, wobei er den Rücken meiner eigenen Hand schrammte. Ich erinnere mich, dass ich die Wunde an meine Lippen führte und vielleicht eine halbe Minute lang dastand und sie wie ein Hund leckte, wobei ich gedankenlos über die öden Dünen und die See hinsah; und in dieser Zeit entdeckte mein Auge eine große Schonerjacht, einige Meilen Richtung Nordosten. Dann schob ich das Fenster in die Höhe und kletterte hinein.

Ich ging durch das ganze Haus und war über alle Maßen verwundert. Kein Zeichen von Unordnung war zu sehen, sondern im Gegenteil: die Zimmer waren ungewöhnlich sauber und freundlich. Ich fand in den Kaminen Holz und Kohlen aufgeschichtet, die nur angezündet zu werden brauchten; drei Schlafzimmer waren mit einem Luxus zurechtgemacht, der durchaus nicht Northmours Gewohnheiten entsprach; die Waschkrüge waren mit Wasser gefüllt; die Betten waren gemacht; im Speisezimmer war ein Tisch für drei Menschen gedeckt; in der Speisekammer lag in den Regalen ein reichlicher Vorrat von kaltem Fleisch, Wildbret und Gemüsen.

Offenbar wurden Gäste erwartet – aber wozu Gäste, da Northmour doch Gesellschaft hasste? Und vor allem: Warum wurde das Haus so heimlich in tiefster Nacht zum Empfang von Gästen gerüstet? Und warum waren die Fensterläden geschlossen und die Türen mit Vorhängeschlössern versperrt?

Ich verwischte alle Spuren meines Besuchs und kletterte ernüchtert und beunruhigt wieder aus dem Fenster hinaus.

Die Schonerjacht lag immer noch auf derselben Stelle, und für einen Augenblick ging mir der Gedanke durch den Kopf, es könnte der »Red Earl« sein, der den Besitzer des Hauses und seine Gäste brächte. Aber der Bug des Schiffs zeigte nach der entgegengesetzten Richtung.

Zweites Kapitel

Die nächtliche Landung der Jacht

Ich kehrte in meine Höhle zurück, um mir etwas zu kochen, das ich dringend nötig hatte, und um für mein Pferd zu sorgen, das ich am frühen Morgen etwas vernachlässigt hatte. Von Zeit zu Zeit ging ich an den Waldrand; aber an dem Haus gab es keine Veränderung, und auf den Dünen war den ganzen Tag über keine Menschenseele zu sehen. Der Schoner draußen auf der See war das einzige Lebenszeichen, soweit mein Blick reichte. Er kreuzte umher, dem Anschein nach ohne bestimmten Zweck, oder lag still, und so ging das Stunde um Stunde; als aber der Abend dunkler wurde, kam der Schoner allmählich näher an den Strand. Ich war immer fester davon überzeugt, dass die Jacht Northmour und seine Freunde trug und dass diese wahrscheinlich an Land kommen würden, sobald es ganz dunkel wäre; nicht nur weil dies zur Geheimnistuerei in Bezug auf die im Haus getroffenen Vorbereitungen passte, sondern auch weil vor elf Uhr die Flut nicht hoch genug gestiegen sein würde, um Graden Floe und die anderen Sandbänke zu bedecken, durch die der Strand gegen Eindringlinge verteidigt wurde.

Den ganzen Tag über war der Wind immer schwächer geworden und infolgedessen auch der Seegang geringer; aber gegen Sonnenuntergang setzte der schwere Sturm vom Vortag wieder ein. Die Nacht brach pechschwarz herein. Von der See her kamen böige Windstöße, die wie eine ganze Batterie Kanonen donnerten; ab und zu gab es einen Regenguss, und je höher die Flut stieg, desto schwerer rollte die Brandung.

Als ich auf meinen Beobachtungsposten hinter den Holunderbüschen ging, wurde eine Laterne bis an die Mastspitze des Schoners hinaufgezogen; ich erkannte daran, dass er näher am Land lag, als wie ich ihn in der Dämmerung zuletzt gesehen hatte. Ich zog daraus den Schluss, dass es ein Zeichen für Northmours Helfer am Strand sein musste; deshalb ging ich in die Dünen hinein und sah mich um, ob ich etwas Dementsprechendes bemerken könnte.

Ein schmaler Fußweg lief am Waldsaum entlang; er bildete die geradeste Verbindung zwischen dem Dünenhaus und dem Herrenhaus. Als ich in dieser Richtung ausspähte, sah ich keine Viertelmeile entfernt einen Lichtfunken, der sich schnell näherte. Nach dem Hin- und Herschwanken zu urteilen, schien es eine Laterne zu sein, die ein Mensch auf dem Fußweg trug. Diese Person stolperte offenbar von Zeit zu Zeit oder wurde durch besonders heftige Windstöße zurückgeschleudert. Ich versteckte mich wieder zwischen den Holunderbüschen und wartete neugierig auf das Herankommen der Gestalt. Sie stellte sich als eine Frau heraus, und als sie nur wenige Meter entfernt an meinem Hinterhalt vorüberkam, konnte ich die Züge ihres Gesichts erkennen: Die schweigsame und taube alte Frau, die Northmours Kindermädchen gewesen war, war seine Verbündete bei dieser geheimnisvollen Angelegenheit.

Ich folgte ihr in geringer Entfernung, indem ich mir die unzähligen Erhöhungen und Vertiefungen der Dünen zunutze machte; die Finsternis verbarg mich, und außerdem kam mir nicht nur die Taubheit der alten Amme, sondern auch das Tosen des Sturms und der Brandung zustatten.

Sie ging in das Dünenhaus hinein, begab sich sofort in das obere Stockwerk hinauf, öffnete eines der Fenster, das nach dem Meer hinausging, und setzte ein Licht hinein. Unmittelbar darauf wurde die Laterne von der Mastspitze des Schoners heruntergeholt und ausgelöscht. Der Zweck war erreicht, und die Leute an Bord waren sicher, dass sie erwartet wurden.

Die alte Frau nahm ihre Arbeiten wieder auf. Obgleich die anderen Fensterläden geschlossen blieben, konnte ich einen Lichtschimmer sich im Haus hin- und herbewegen sehen; und Feuerfunken, die aus einem Schornstein nach dem anderen aufstiegen, zeigten mir an, dass die Kamine geheizt wurden.

Ich war jetzt überzeugt, dass Northmour und seine Gäste an Land kommen würden, sobald die Sandbank unter Wasser wäre. Es war eine wilde Nacht, um ein Boot an den Strand zu bringen, und meine Neugier war mit einiger Unruhe vermischt, als ich daran dachte, wie gefährlich die Landung wäre. Mein früherer Freund war zwar ein höchst exzentrischer Mensch. Aber eine solche Waghalsigkeit war beunruhigend und grenzte an Wahnsinn.

Im Widerstreit meiner Gefühle ging ich dicht an den Strand und legte mich platt auf den Bauch in eine Kuhle, etwa sechs Fuß von dem schmalen Pfad entfernt, der zum Dünenhaus führte. Von dieser Stelle aus würde ich imstande sein, die Ankömmlinge zu mustern, und wenn sie sich als Bekannte erweisen sollten, konnte ich sie begrüßen, sobald sie gelandet waren.

Ziemlich lange vor elf Uhr, als der Wasserstand noch gefährlich niedrig war, erschien eine Bootslaterne dicht am Strand. Hierdurch aufmerksam gemacht, konnte ich eine andere Laterne bemerken, die sich noch in einer ziemlichen Entfernung draußen auf See befand, heftig hin und her geworfen wurde und manchmal hinter hohen Wogen außer Sicht kam. Das Wetter, das immer schlimmer wurde, je mehr die Nacht vorrückte, und die gefährliche Lage der Jacht an einer Leeküste hatten sie wahrscheinlich dazu gebracht, eine Landung so früh zu versuchen, wie dies überhaupt möglich war.

Kurze Zeit darauf kamen vier Matrosen, die eine sehr schwere Kiste trugen, und ein fünfter Mann mit einer Laterne dicht an mir vorüber; sie wurden von der alten Frau in das Dünenhaus eingelassen. Sie gingen wieder an den Strand hinunter und kamen dann mit einer anderen Kiste an mir vorüber, die noch größer, aber anscheinend nicht so schwer wie die erste war. Noch ein drittes Mal machten sie den Weg und bei dieser Gelegenheit trug einer von den Matrosen einen ledernen Handkoffer, die anderen einen Damenkoffer und eine Reisetasche. Dies erregte meine Neugier außerordentlich. Wenn sich unter Northmours Gästen eine Frau befand, so bedeutete das eine Veränderung seiner Gewohnheiten und eine Abtrünnigkeit von seiner Lieblingstheorie über das Leben, die mich berechtigterweise überraschen würden.

Als mein Freund und ich das Dünenhaus bewohnt hatten, war dieses ein Tempel der Frauenfeindlichkeit gewesen. Und jetzt sollte dessen Dach eine Angehörige des verabscheuten Geschlechts beherbergen! Mir fielen ein paar Einzelheiten ein: einige Anzeichen von einer beinahe koketten Zierlichkeit, die mir am Tag zuvor aufgefallen waren, als ich mir die Vorbereitungen im Haus angesehen hatte. Ihr Zweck war mir jetzt klar, und ich begriff selber nicht, wie ich so stumpfsinnig hatte sein können, ihn nicht sofort zu erkennen.

Während ich mich diesem Gedanken hingab, näherte sich mir eine zweite Laterne vom Strand her. Ein Matrose, den ich noch nicht gesehen hatte, trug sie. Er führte zwei andere Personen nach dem Pavillon. Diese beiden waren ohne Frage die Gäste, für die das Haus in Stand gesetzt worden war, und ich spannte Augen und

Ohren an, um sie genau zu betrachten, als sie an meinem Versteck vorüberkamen.

Die eine Person war ein ungewöhnlich großer Mann, mit einem Reisehut, den er über die Augen gezogen hatte, und in einem von oben bis unten zugeknöpften Highland-Mantel, dessen Kragen er hochgeschlagen hatte, um sein Gesicht zu verbergen.

Man konnte weiter nichts erkennen, als dass er, wie schon gesagt, ungewöhnlich groß war, und dass er in sehr gebeugter Haltung nur mühsam gehen konnte. An seiner Seite, entweder sich an ihn schmiegend oder ihn stützend – ich konnte nicht unterscheiden, was davon der Fall war – ging eine hochgewachsene junge Frau von schlankem Wuchs. Sie war außerordentlich blass; aber in dem Licht der Laterne wurde ihr Gesicht so von dunklen wechselnden Schatten überzogen, dass sie ebenso gut so hässlich wie die Sünde sein konnte, als so schön wie ich sie später fand. Gerade als sie bei mir vorbeikamen, machte das Mädchen irgendeine Bemerkung, die in dem Tosen des Sturms unterging.

»Still!«, sagte ihr Begleiter; und in dem Ton, mit dem das Wort hervorgestoßen wurde, lag etwas, das mir durch Mark und Bein ging und mich aufwühlte. Das Wort schien aus einer Brust hervorzukommen, die von

Todesangst gepeinigt wurde. Niemals in meinem Leben habe ich seitdem wieder eine so ausdrucksstarke Silbe gehört; und ich höre sie noch jetzt wieder, wenn in Fiebernächten mein Geist sich mit den alten Zeiten beschäftigt.

Als der Mann dieses Wort sprach, wandte er sich zu dem Mädchen, und ich erhaschte einen Blick auf einen starken roten Bart und auf eine Nase, die in der Jugend scheinbar gebrochen worden war; und seine hellen Augen funkelten in einer starken und offenbar ärgerlichen Aufregung aus seinem Gesicht hervor.

Die beiden gingen weiter und wurden ebenfalls in das Dünenhaus eingelassen.

Einzeln oder in Gruppen gingen die Matrosen wieder an den Strand hinunter. Der Wind trug zu mir den Klang einer rauen Stimme herüber, die ihnen zuschrie: »Schiebt ab!«

Dann näherte sich nach einer Pause eine andere Laterne. Es war Northmour allein.

Meine Frau und ich, eine Frau und ein Mann also, haben uns oft übereinstimmend darüber gewundert, wie ein Mensch gleichzeitig so schön und so abstoßend sein könne wie Northmour. Er trat auf wie ein vollendeter Gentleman; auf seinen Gesichtszügen lagen Klugheit und Mut so deutlich zu lesen; aber man brauchte ihn nur anzusehen, selbst wenn er seine liebenswürdigen Augenblicke hatte, um sofort zu erkennen, dass er die Gemütsart eines Sklavenschiffskapitäns hatte. Ich habe niemals einen Charakter gekannt, der so aufbrausend und so rachsüchtig gewesen wäre; in ihm vereinigte sich die Lebhaftigkeit des Südländers mit dem verbissenen, tödlichen Hass des Nordländers, und beide Züge standen deutlich in seinem Gesicht geschrieben, das wie eine Art Warnsignal wirkte. An Gestalt war er groß, kräftig und beweglich; Haar und Gesichtsfarbe waren sehr dunkel; seine Züge waren schön geformt, aber durch den beständigen drohenden Ausdruck entstellt.

In diesem Augenblick war er etwas bleicher als gewöhnlich. Seine Stirn war gerunzelt, seine Lippen zuckten, und im Gehen sah er sich scharf nach allen Seiten um, wie wenn er von Befürchtungen verfolgt würde. Und trotzdem kam er mir vor, als ob ein Ausdruck des Siegesbewusstseins auf seinem Gesicht läge: als ob er bereits viel vollbracht hätte und einem erstrebten Ziel nahe wäre.

Teilweise aus einem gewissen Zartgefühl – das allerdings zu spät kam –, teilweise weil es mir Vergnügen machte, einen alten Bekannten zu überraschen, wollte ich ihn meine Anwesenheit ohne Verzögerung wissen zu lassen.

Ich sprang plötzlich auf, trat vor und sagte:

»Northmour!«

Niemals in meinem Leben habe ich eine so ungeheure Überraschung an einem Menschen gesehen. Er sprang auf mich zu, ohne ein Wort zu sagen; in seiner Hand blitzte etwas; und er stieß mit einem Dolch nach meinem Herzen. In demselben Augenblick traf ihn meine Faust, dass er zusammenstürzte. Ob meine eigene Schnelligkeit oder seine Unsicherheit dies herbeiführte, weiß ich nicht; jedenfalls streifte die Klinge nur meine Schulter, während der Griff und seine Faust mir einen heftigen Schlag auf den Mund versetzten.

Ich floh, aber nicht weit. Ich hatte wieder und wieder bemerkt, wie ausgezeichnet Sanddünen dazu geeignet sind, lange im Hinterhalt zu liegen, ungesehen vorzudringen oder sich zurückzuziehen. Keine zehn Schritte von der Stelle, wo Northmour den Angriff auf mich gemacht hatte, warf ich mich wieder ins Gras nieder. Die Laterne war zu Boden gefallen und erloschen. Aber wie groß war mein Erstaunen, als ich Northmour in großen Sätzen zum Dünenhaus laufen und in dieses hineinschlüpfen sah; ich hörte, wie er hinter sich den Türriegel zustieß, so dass das Eisen klirrte.

Er hatte mich nicht verfolgt. Er war davongelaufen. Northmour, den ich als den unversöhnlichsten und kühnsten Menschen kannte, war davongelaufen!

Ich konnte kaum meinen Sinnen trauen. Aber bei dieser seltsamen Geschichte, an der alles unglaublich war, kam es allerdings auf eine Unglaublichkeit mehr oder weniger nicht an. Denn warum wurde der Pavillon so heimlich in Stand gesetzt? Warum war Northmour mit seinen Gästen in tiefster Nacht gelandet, in einem Wind, der ein halber Sturm war, zu einer Zeit, als die Sandbank noch kaum mit Wasser bedeckt war?

Warum hatte er mich zu töten versucht? Hatte er meine Stimme nicht erkannt? Und vor allen Dingen – warum hatte er einen Dolch stoßbereit in der Hand gehalten? Ein Dolch oder auch nur ein scharfes Messer passte gar nicht zu der Zeit, in der wir lebten. Und ein vornehmer Herr, der an der Küste seines eigenen Landbesitzes von seiner eigenen Jacht an Land geht, ist für gewöhnlich nicht auf ein Handgemenge mit blankem Stahl vorbereitet – selbst nicht, wenn es bei Nacht und unter etwas geheimnisvollen Umständen geschieht.

Je mehr ich über die Sache nachdachte, desto unsicherer fühlte ich mich. Ich zählte mir die einzelnen Umstände der geheimnisvollen Geschichte noch einmal an den Fingern ab: Das Dünenhaus heimlich zur Aufnahme von Gästen zurechtgemacht; die Gäste gehen mit Lebensgefahr an Land und unter Umständen, die auch die Jacht in große Gefahr bringen. Die Gäste oder wenigstens einer von ihnen sind in einer ganz unverkennbaren, anscheinend aber grundlosen Angst; Northmour trägt einen blanken Dolch in der Hand; Northmour sticht nach seinem besten Bekannten, als dieser ein einziges Wort sagt. Und endlich – das war nicht am wenigsten sonderbar –, Northmour flieht vor dem Mann, den er zu töten versucht hat, und verriegelt sich, wie wenn er verfolgt würde, hinter der Tür seines Hauses. Das waren mindestens sechs verschiedene Gründe, um aufs Höchste erstaunt zu sein. Jeder dieser Gründe fügte sich in die anderen ein, und alle zusammen bildeten eine zusammenhängende Geschichte. Ich schämte mich beinahe, meinen eigenen Sinnen zu trauen.

Während ich so voller Erstaunen in der finsteren Nacht dastand, begann ich heftige Schmerzen von den Verletzungen zu fühlen, die ich bei dem Handgemenge erhalten hatte. Ich schlich mich durch die Dünen und erreichte auf einem Umweg wieder den Schutz des Waldes.

Unterwegs kam wieder die alte Kinderfrau ein paar Schritte entfernt an mir vorüber; sie hatte wieder ihre Laterne in der Hand und war offenbar auf dem Rückweg zum Herrenhaus von Graden. Dies war ein siebter verdächtiger Umstand. Allem Anschein nach sollten Northmour und seine Gäste ihre Küche und Hausarbeit allein besorgen, während die alte Frau in der großen, leeren Kaserne, die ein Schloss genannt wurde, wohnen blieb. Es musste unbedingt ein wichtiger Grund vorhanden sein, dass man sich mit so vielen Unbequemlichkeiten abfand, um alles geheim zu halten.

Mit solchen Gedanken beschäftigt, ging ich zu meiner Kuhle. Größerer Sicherheit halber trat ich die glühenden Kohlen meines Feuers aus und zündete meine Laterne an, um die Wunde an meiner Schulter zu untersuchen. Es war eine unbedeutende Schramme, obwohl sie ziemlich stark blutete; ich verband sie so gut ich konnte – denn sie war ziemlich schwierig zu erreichen – mit ein paar Leinwandfetzen, nachdem ich sie mit kaltem Quellwasser ausgewaschen hatte.

Während ich hiermit beschäftigt war, erklärte ich innerlich Northmour und seinem Geheimnis den Krieg.

Ich bin von Natur aus kein zorniger Mensch, und ich glaube, in meinem Herzen war mehr Neugier als Rache. Aber meine Kriegserklärung war ganz ernst gemeint, und um mich vorzubereiten, nahm ich meinen Revolver zur Hand, zog die Patronen heraus und reinigte die Waffe mit größter Sorgfalt, worauf ich sie wieder lud. Meine nächste Sorge galt dem Pferd. Es konnte sich losreißen oder es konnte wiehern und auf diese Weise mein Lager im Strandwald verraten. Daher beschloss ich, es aus meiner Nähe fortzuschaffen, und lange vor dem Anbruch der Morgendämmerung führte ich es über die Dünen in Richtung auf das Fischerdorf zu.

Drittes Kapitel

Ich mache die Bekanntschaft meiner späteren Frau

Zwei Tage lang schlich ich um den Pavillon herum, wobei das unebene Gelände der Dünen mir sehr zustatten kam. Ich wurde ein Meister in der erforderlichen Taktik. Diese niedrigen Hügel und flachen Kuhlen, die ein ganzes Gebirge bildeten, wurden sozusagen ein Mantel der Finsternis für mich bei dieser Verfolgung, die vielleicht nicht ganz vornehm war, aber alle meine Gedanken beherrschte. Aber obwohl ich diesen Vorteil hatte, konnte ich über Northmour und seine Gäste nur wenig herausbringen.

Frische Lebensmittelvorräte wurden unter dem Schutz der Finsternis durch die alte Frau vom Herrenhaus herangeschafft. Northmour und die junge Dame gingen, zuweilen zusammen, meistens aber einzeln, eine Stunde oder auch vielleicht zwei am Strand bei dem Treibsand auf und ab. Ich musste annehmen, dass dieser Spaziergang deshalb von ihnen gewählt worden war, weil er nur von der See her beobachtet werden konnte. Aber ich selbst befand mich in einer nicht weniger ausgezeichneten Lage; denn unmittelbar an diese Stelle grenzten die höchsten und zerklüftetsten Dünen an; und wenn ich mich flach hinlegte, konnte ich Northmour oder die junge Dame auf ihren Spaziergängen beobachten.

Der große Mann schien verschwunden zu sein. Er überschritt nicht nur niemals die Schwelle, sondern ließ nicht einmal sein Gesicht an einem Fenster sehen, wenigstens konnte ich Derartiges nicht bemerken. Allerdings wagte ich bei hellem Tag nicht, mich über eine gewisse Entfernung hinaus dem Haus zu nähern, da man vom oberen Stockwerk aus die Dünentäler überblicken konnte. Nachts aber, wenn ich mich näher heranwagen konnte, waren die Fenster des Erdgeschosses verbarrikadiert, als ob sie eine Belagerung auszuhalten hätten. Manchmal dachte ich, der große Mann müsse wohl bettlägerig sein, denn ich erinnerte mich, wie schwer ihm das Gehen gefallen war; manchmal aber dachte ich, er müsse überhaupt wieder ganz verschwunden sein, so dass also Northmour und die junge Dame allein miteinander das Dünenhaus bewohnten. Dieser Gedanke missfiel mir sogar schon damals.

Ob nun die beiden Mann und Frau sein mochten oder nicht, so hatte ich jedenfalls reichlich Grund zu der Annahme, dass sie nicht eben in freundlichen Beziehungen ständen. Obwohl ich niemals eines von ihren Worten hören und nur selten einen bestimmten Ausdruck auf ihren Gesichtern erkennen konnte, so war doch offensichtlich in ihrem ganzen Verhalten zueinander eine steife Förmlichkeit, woraus zu entnehmen war, dass sie entweder einander nicht näher kannten oder dass sie in Feindschaft lebten. Die junge Dame ging schneller, wenn sie mit Northmour war, als wenn sie allein war, und mir war klar, dass das Bestehen eines Liebesverhältnisses zwischen einem Mann und einer Frau die Schritte eher verlangsamen als beschleunigen müsste. Außerdem hielt sie sich immer einen guten Schritt von ihm ab und trug ihren Schirm auf der Seite, die zwischen ihnen war, wie wenn sie ihn dadurch von sich abhalten wollte. Northmour versuchte ständig näher an sie heranzukommen; und da das Mädchen ebenso immer zur Seite wich, so bewegten sie sich in einer Art Diagonale über den Strand und würden schließlich in die Brandung hineingeraten sein, wenn sie lange genug weitergegangen wären. Aber sobald es so weit war, wechselte das Mädchen in unauffälliger Weise seinen Platz, so dass Northmour zwischen sie und die See kam. Ich beobachtete diese Manöver mit freudiger Zustimmung und musste unwillkürlich vor mich hin lachen, sooft ich wieder eine solche Bewegung vor sich gehen sah.

Am Morgen des dritten Tages ging sie eine Zeitlang ganz allein, und ich bemerkte zu meinem großen Kummer, dass mehr als einmal Tränen aus ihren Augen strömten. Wie man sehen wird, war mein Herz bereits mehr beteiligt, als ich selber glaubte. Sie ging mit festen und doch leichten Schritten und trug ihren Kopf mit unvorstellbarer Anmut; jeder Schritt hatte etwas Bemerkenswertes, und ihr ganzes Wesen strömte in meinen Augen Lieblichkeit und Vornehmheit aus.

Es war ein ruhiger und sonniger Tag; das Meer war still, die Luft von einer scharfen und kräftigen Würze erfüllt. Das schöne Wetter verlockte sie offenbar, noch einen zweiten Spaziergang zu machen, was sie sonst nicht zu tun pflegte. Bei dieser Gelegenheit wurde sie von Northmour begleitet, und sie waren erst eine kurze Weile am Strand gewesen, da sah ich, wie er mit Gewalt ihre Hand an sich riss. Sie sträubte sich und stieß einen Schrei aus, der beinahe ein Kreischen war. Ich sprang auf, ohne daran zu denken, dass ich mich in einer zweifelhaften Lage befand; aber noch bevor ich einen Schritt gemacht hatte, sah ich, wie Northmour den Hut abnahm und eine sehr tiefe Verbeugung machte, wie wenn er sie um Entschuldigung bäte. Da duckte ich mich sofort wieder in meinen Hinterhalt.

Sie wechselten noch ein paar Worte; dann machte er abermals eine Verbeugung, verließ den Strand und ging ins Haus zurück. Er kam dicht an mir vorbei, und ich konnte sehen, dass sein Gesicht gerötet war und dass er düster vor sich hinblickte, während er zornig mit seinem Stock in die Gräser hieb. Nicht ohne Genugtuung sah ich die Spur meiner Hand in einer derben Schramme unter seinem rechten Auge, dessen Höhle in beträchtlicher Ausdehnung von einer Verfärbung umgeben war.

Eine Zeitlang blieb das Mädchen auf der Stelle stehen, wo er sie verlassen hatte, und sah über das Inselchen hinüber auf die leuchtende See hinaus. Dann raffte sie sich plötzlich auf, wie ein Mensch, der einen Gedanken von sich abschüttelt und sich zusammennehmen will, und ging mit schnellen, entschlossenen Schritten den Strand entlang. Sie war offenbar über das soeben Vorgefallene sehr aufgebracht. Sie hatte vergessen, wo sie war. Denn ich sah sie stracks auf den Treibsand losgehen, und zwar gerade auf die Stelle, wo er am gefährlichsten ist. Noch zwei oder drei Schritte, und ihr Leben wäre in ernstlicher Gefahr gewesen. Da ließ ich mich an der sehr abschüssigen Düne heruntergleiten, lief auf sie zu und rief, sie solle nicht weitergehen.

Sie blieb stehen und drehte sich um. Keine Spur von Furcht war ihr anzusehen, und sie ging in der Haltung einer Königin gerade auf mich zu. Ich war barfuß und wie ein gewöhnlicher Matrose gekleidet, abgesehen davon, dass ich ein ägyptisches Tuch um die Taille trug. Wahrscheinlich hielt sie mich zuerst für irgendeinen Menschen aus dem Fischerdorf, der Angelköder suchte.

Als ich ihr zum ersten Mal gegenüberstand, sah sie mich fest und gebieterisch an. Ich war von Bewunderung und Erstaunen erfüllt, und sie kam mir sogar noch schöner vor, als ich erwartet hatte.

Sie sah kühn und trotzdem mädchenhaft zurückhaltend aus und hatte etwas Eigenartiges und doch Anziehendes in ihrem Wesen. Ich war von Bewunderung ganz hingerissen.

»Was soll das heißen?«, fragte sie.

»Sie gingen geradewegs in Graden Floe hinein.«

»Sie sind nicht aus dieser Gegend«, sagte sie wieder, »Sie sprechen wie ein gebildeter Mann.«

»Ich glaube, ich habe ein Recht auf eine solche Bezeichnung, obwohl ich in dieser Verkleidung bin.«

Aber ihr Frauenauge hatte bereits den ägyptischen Gürtel bemerkt, und sie rief:

»Oh! Ihre Schärpe verrät Sie!«

»Sie haben den Ausdruck ›verrät‹ gebraucht. Darf ich Sie bitten, mich nicht zu verraten? Ich war um Ihretwillen genötigt, mich zu zeigen; aber wenn Northmour meine Anwesenheit erführe, so könnte das für mich mehr als unangenehm werden.«

»Wissen Sie, zu wem Sie sprechen?«

»Doch nicht zu Northmours Ehefrau?«

Sie schüttelte den Kopf. Diese ganze Zeit über sah sie mir so scharf ins Gesicht, dass es mich verlegen machte; plötzlich rief sie:

»Sie haben ein ehrliches Gesicht. Seien Sie so ehrlich wie Ihr Gesicht, mein Herr, und sagen Sie mir, was Sie wünschen und was Sie befürchten. Glauben Sie etwa, ich könnte Ihnen etwas zuleide tun? Ich glaube, Sie könnten viel eher mir schaden! Aber Sie sehen nicht unfreundlich aus. Was bedeutet das, was bezwecken

Sie damit – Sie, ein Gentleman –, dass Sie wie ein Spion um diesen einsamen Ort herumschleichen? Sagen Sie mir – wen hassen Sie?«

»Ich hasse niemanden, und ich fürchte keinen Menschen, dem ich von Angesicht zu Angesicht gegenüberstehe. Mein Name ist Cassilis – Frank Cassilis. Ich führe das Leben eines Landstreichers, weil es mir Spaß macht. Ich bin einer von Northmours ältesten Freunden, und als ich ihn vor drei Nächten hier in diesen Dünen anredete, stach er mich mit einem Messer in die Schulter.«

»Das waren Sie!«, rief sie.

»Warum er das tat«, fuhr ich fort, ohne ihren Zwischenruf zu beachten, »ist mehr, als ich erraten kann, und auch mehr, als ich wissen möchte. Ich habe nicht viele Freunde und bin überhaupt kein Mensch, der auf Freundschaft großen Wert legt; aber niemand soll mich durch Furcht von einem Ort vertreiben! Ich hatte mein Lager im Strandwald von Graden, bevor er kam – ich lagere noch jetzt dort. Wenn Sie glauben, ich wolle Ihnen oder Ihren Angehörigen Böses tun, so haben Sie das Mittel dagegen in Ihrer Hand. Sagen Sie ihm, mein Lager sei in der Hemlork-Kuhle, und er kann mich diese Nacht in aller Sicherheit im Schlaf erstechen.«

Mit diesen Worten zog ich meine Mütze ab und kletterte wieder in die Dünen hinauf.

Ich weiß nicht, warum – aber ich hatte ein merkwürdiges Gefühl, dass mir ein Unrecht angetan worden sei, und fühlte mich als Held und Märtyrer, während ich in der Tat kein Wort zu meiner Verteidigung sagen konnte, ja nicht einmal einen einleuchtenden Grund für mein Verhalten hätte angeben können. Ich war aus einer zwar natürlichen, aber eines Gentleman nicht würdigen Neugier in Graden geblieben; allerdings wuchs noch ein anderer Beweggrund außer diesem ersten allmählich heran, aber dieser zweite Grund war von der Art, dass ich ihn zu jener Zeit der Dame meines Herzens nicht gut hätte sagen können.

So viel ist sicher: In dieser Nacht dachte ich an nichts anderes; und obwohl ihr ganzes Benehmen und ihre Lage verdächtig erschienen, konnte ich es doch nicht übers Herz bringen, an ihrer Ehrenhaftigkeit zu zweifeln. Ich hätte mein Leben darauf verwetten können, dass sie von jedem Tadel frei wäre, und dass die Aufklärung des Geheimnisses, wenn auch jetzt noch alles im Dunkeln läge, zutage bringen würde, dass sie mit vollem Recht und aus notwendigen Gründen an diesen Ereignissen Anteil hätte.

Allerdings konnte ich mir, so sehr ich meine Phantasie anstrengte, auf ihre Beziehungen zu Northmour keinen Reim machen. Trotzdem war ich überzeugt, auf dem rechten Weg zu sein, wenn auch meine Schlussfolgerungen mehr instinktiv als vernünftig waren. Und als ich mich an diesem Abend zum Schlaf ausstreckte, da legte ich sozusagen den Gedanken an sie unter mein Kopfkissen.

Am nächsten Tage kam sie ungefähr zur gleichen Stunde aus dem Dünenhaus zum Vorschein. Sobald die Dünen sie vor Beobachtungen vom Haus her schützten, ging sie näher an diese heran und rief leise meinen Namen. Ich bemerkte mit Erstaunen, dass sie totenblass war und sich offenbar in großer Aufregung befand.

»Mr Cassilis!«, rief sie noch einmal, und dann zum dritten Mal: »Mr Cassilis!«

Ich erschien sofort und sprang von der Düne herab auf den Strand. Ein deutlicher Ausdruck von Erleichterung überzog ihr Gesicht, sobald sie mich sah.

»Oh!«, rief sie in einem heiseren Ton, wie ein Mensch, dem eine schwere Last von der Seele genommen wird. Dann sprach sie weiter:

»Gott sei Dank, dass Sie noch heil und gesund sind!

Ich wusste, Sie würden hier sein, wenn Sie noch am Leben wären.«

War dies nicht seltsam? So schnell und so weise bereitet nur die Natur unsere Herzen auf solche große Liebe vor, die ein ganzes Leben lang währt, dass sowohl meine spätere Frau wie auch ich schon am zweiten Tage unserer Bekanntschaft ein Vorgefühl hatten. Auch ich hatte trotz alledem gehofft, sie werde mich aufsuchen; und sie war überzeugt gewesen, sie werde mich finden.

»Bleiben Sie nicht«, fuhr sie hastig fort, »bleiben Sie nicht an diesem Ort! Versprechen Sie mir, dass Sie nicht länger im Wald dort schlafen werden. Sie wissen nicht, wie ich leide; diese ganze Nacht konnte ich nicht schlafen, weil ich immer an Ihre Gefahr denken musste.«

»Gefahr?«, wiederholte ich. »Gefahr – von wem? Von Northmour?«

»Nicht doch! Glaubten Sie denn, ich würde nach dem, was Sie mir sagten, ihm etwas erzählt haben?«

»Nicht von Northmour? Aber von wem denn? Ich sehe keinen Menschen, vor dem ich mich zu fürchten brauchte.«

»Sie dürfen mich nicht fragen«, antwortete sie; »denn ich darf Ihnen nichts sagen. Aber glauben Sie mir doch, und entfernen Sie sich! Glauben Sie meinen Worten und gehen Sie schnell, schnell! Wenn Ihnen Ihr Leben lieb ist!«

Eine solche Aufforderung ist niemals dazu geeignet, auf einen mutigen jungen Mann Eindruck zu machen. Ihre Worte bestärkten mich nur in meiner Hartnäckigkeit, und jetzt war es Ehrensache für mich, zu bleiben, wo ich war. Und gerade ihre Angst um mich bestärkte mich noch mehr in meinem Entschluss.

»Sie müssen mich nicht für neugierig halten, Madam«, antwortete ich; »ich will mich nicht in Ihre Angelegenheiten einmischen – aber, wenn Graden ein so gefährlicher Ort ist, so ist es wohl auch für Sie selbst gefährlich, hierzubleiben.«

»Sie und Ihr Vater –«, fuhr ich fort; aber sie unterbrach mich mit einem fast atemlosen Ausruf:

»Mein Vater! Woher wissen Sie von ihm?«

»Ich sah Sie zusammen, als Sie landeten«, lautete meine Antwort; ich weiß nicht, warum, aber sie schien uns beiden befriedigend zu sein, zumal es in der Tat die Wahrheit war.

»Aber«, fuhr ich fort, »Sie brauchen keine Furcht vor mir zu haben. Ich sehe, dass Sie irgendeinen Grund haben, verborgen zu bleiben, und Sie können mir glauben: Ihr Geheimnis ist bei mir so sicher aufgehoben, wie wenn ich im Treibsand von Graden Floe läge. Ich habe seit Jahren kaum einmal mit einem Menschen ein Wort gesprochen; mein Pferd ist mein einziger Begleiter, und selbst dieses arme Tier ist augenblicklich nicht bei mir. Sie können sich auf mein Schweigen verlassen. Also sagen Sie mir die Wahrheit, meine liebe junge Dame. Sind Sie nicht in Gefahr?«

»Mr Northmour sagt, Sie sind ein Ehrenmann; und ich brauche Sie nur anzusehen, um dies zu glauben. Ich will Ihnen nur so viel sagen: Sie haben recht – wir sind in einer furchtbaren, entsetzlichen Gefahr, und Sie teilen diese Gefahr, wenn Sie bleiben, wo Sie jetzt sind.«

»Ah! Sie haben von Northmour etwas über mich gehört? Und er gibt mir ein gutes Zeugnis?«

»Ich fragte ihn gestern Abend nach Ihnen«, antwortete sie. »Ich behauptete« – sie stockte einen Augenblick –, »ich behauptete, Sie vor langer Zeit einmal getroffen und mit Ihnen über ihn gesprochen zu haben. Das war nicht wahr; aber ich konnte mir nicht anders helfen, ohne Sie zu verraten, und Sie hatten mich in eine schwierige Lage gebracht. Er sprach sehr hoch von Ihnen.«

»Und – diese eine Frage dürfen Sie mir wohl noch erlauben – droht diese Gefahr von Northmour?«

»Von Mr Northmour?«, rief sie. »O nein! Er ist gerade bei uns, um diese Gefahr zu teilen.«

»Mir aber raten Sie davonzulaufen? Offenbar schätzen Sie mich nicht für hoch ein!«

»Warum sollten Sie bleiben? Sie sind kein Freund von uns.«

Ich weiß nicht, was über mich kam – denn ich kann mich nicht an eine solche Schwäche erinnern, seitdem ich ein Kind gewesen war –, aber diese Antwort kränkte mich so tief, dass mir die Tränen in die Augen kamen, während ich ihr schweigend ins Gesicht sah.

»Nein, nein!«, sagte sie in verändertem Ton. »Meine Worte waren nicht unfreundlich gemeint.«

»Ich war es, der sich einer Beleidigung schuldig gemacht hat«, sagte ich und streckte ihr meine Hand mit einem so bittenden Blick entgegen, dass es sie gerührt haben muss; denn sie reichte mir sofort, und sogar bereitwillig, die ihre.

Ich hielt ihre Hand eine Zeitlang fest und sah ihr in die Augen. Plötzlich entriss sie mir ihre Hand, offenbar vergaß sie gänzlich ihre Bitte und dass sie mir ein Versprechen hatte abnehmen wollen, und lief mit größter Schnelligkeit davon, ohne sich umzusehen, bis ich sie nicht mehr sehen konnte.

Und da wusste ich, dass ich sie liebte, und dachte mit frohem Herzen, dass sie – sie selber – mir nicht gleichgültig gegenüberstand. Sie hat dies später oft geleugnet; aber sie tat es stets lächelnd und meinte es nicht ernst. Ich für meinen Teil bin überzeugt, unsere Hände würden nicht so fest ineinandergelegen haben, wenn ihr Herz sich nicht bereits mir zugeneigt hätte. Übrigens brauchen wir darüber nicht zu streiten; denn nach ihrem eigenen Geständnis begann sie am nächsten Morgen mich zu lieben.

Und doch ereignete sich an diesem Morgen sehr wenig. Sie kam wie am vorigen Tag und rief mich aus meinem Versteck, schalt mich, dass ich immer noch in Graden wäre, und als sie fand, dass ich hartnäckig blieb, fragte sie mich genauer aus, wie ich dorthin gekommen sei. Ich sagte ihr, durch welche Reihenfolge von Zufällen ich dazu gekommen sei, Zeuge ihrer Landung zu werden, und dass ich mich zum Bleiben entschlossen hätte, teils wegen der Teilnahme, die Northmours Gäste in mir erregt hätten, teils wegen seines Mordanschlags auf mich.

In Bezug auf die ersteren war ich wohl etwas unaufrichtig; denn ich versuchte es so darzustellen, als ob sie gleich beim ersten Mal, als ich sie in den Dünen gesehen hatte, großen Eindruck auf mich gemacht hätte. Es ist für mich eine Herzenserleichterung, dieses Geständnis zu machen, obwohl meine Frau jetzt bei Gott ist, also alles weiß und auch weiß, dass ich dabei ehrliche Absichten hatte; denn solange sie lebte, hatte ich niemals den Mut, ihr diesen Glauben wieder zu nehmen, obgleich mein Gewissen mich oftmals antrieb, ihr auch dies zu sagen. In einer Ehe, wie wir sie führten, ist selbst ein so kleines Geheimnis gleich der Erbse, die der Prinzessin den Schlaf nimmt.

Unser Gespräch kam dann auf andere Gegenstände, und ich erzählte ihr viel von meinem einsamen Wanderleben; sie hörte nur zu und sagte selten ein Wort. Obgleich wir ganz unbefangen sprachen und zuletzt unsere Unterhaltung nur scheinbar gleichgültige Gegenstände betraf, befanden wir beide uns in einer süßen Aufregung. Nur zu bald musste sie wieder gehen, und wir trennten uns, wie in gegenseitiger Übereinstimmung, ohne uns die Hand zu reichen, denn wir wussten beide, dass dies unter uns eine leere Förmlichkeit bedeutete.

Am nächsten Tag, dem vierten unserer Bekanntschaft, trafen wir uns an derselben Stelle, aber ganz früh am Morgen. Wir waren beide schon ganz vertraut und trotzdem sehr schüchtern. Nachdem sie noch einmal von meiner Gefahr gesprochen hatte – deshalb, sagte sie, sei sie noch einmal gekommen –, begann ich ihr zu sagen, wie wertvoll mir ihre freundliche Teilnahme wäre; bisher sei niemals einem Menschen etwas daran gelegen gewesen, von meinem Leben zu hören, und bis gestern hätte ich auch niemals daran gedacht, etwas daraus zu erzählen. Ich hatte mir während der Nacht viel zurechtgelegt, was ich ihr sagen wollte. Plötzlich unterbrach sie mich, indem sie heftig ausrief:

»Und doch – wenn Sie wüssten, wer ich bin, würden Sie kein Wort mit mir sprechen!«

Ich sagte ihr, ein solcher Gedanke sei Wahnsinn; obwohl wir uns erst so kurze Zeit kannten, sei sie für mich doch bereits eine liebe Freundin. Aber meine Beteuerungen schienen sie nur noch mehr aufzuregen, und sie rief:

»Mein Vater ist auf der Flucht und muss sich verbergen!«

»Meine Liebe«, sagte ich – und vergaß zum ersten Mal den Zusatz »junge Dame« –, »was macht das mir aus? Wenn er zwanzigmal auf der Flucht wäre, würde das an meinen Gefühlen für Sie etwas ändern?«

»Oh, aber die Ursache!«, rief sie. »Die Ursache! Die ist« – sie zögerte eine Sekunde lang –, »die ist eine Schande für uns!«

Viertes Kapitel

Ich erfahre auf eine überraschende Weise, dass ich im Strandwald von Graden nicht allein bin

Dies war die Geschichte meiner Frau, wie ich sie unter Tränen und Schluchzen aus ihr herausbrachte: Sie hieß Clara Huddlestone. Der Name klang für meine Ohren sehr schön; aber nicht so schön wie jener andere Name: Clara Cassilis, den sie während des längeren und – dafür danke ich Gott – glücklicheren Teils ihres Lebens trug. Ihr Vater Bernard Huddlestone war ein Privatbankier, der sehr umfangreiche Geschäfte tätigte. Als vor vielen Jahren seine Verhältnisse in Unordnung gerieten, hatte er sich auf gefährliche und schließlich verbrecherische Hilfsmittel eingelassen, um sich vor dem Ruin zu retten. Alles war vergeblich; er geriet in immer fürchterlichere Schwierigkeiten und verlor schließlich gleichzeitig mit seinem Vermögen auch seine Ehre.

Ungefähr um diese Zeit hatte Northmour mit großem Eifer, obwohl er nur geringe Ermutigung fand, seiner Tochter den Hof gemacht. An ihn, von dem er wusste, dass er geneigt sein würde, ihm zu helfen, hatte Bernard Huddlestone sich in seiner Not gewandt.

Der unglückliche Mann hatte nicht nur Ruin und Schande und auch nicht nur eine strafrechtliche Verfolgung über sein Haupt gebracht. Wie es scheint, wäre er leichten Herzens ins Gefängnis gegangen. Was er befürchtete, was ihn bei Nacht nicht schlafen oder mit einem plötzlichen Schreck aus dem Schlummer auffahren ließ, war die Angst vor einem geheimen, plötzlichen Mordanschlag auf sein Leben. Infolgedessen wollte er seine Vergangenheit begraben und auf eine der Inseln im südlichen Pazifik entfliehen, und Northmours Jacht, den »Red Earl«, wollte er für diese Flucht benutzen. Die Jacht hatte sie heimlich an der Küste von Wales aufgenommen und dann in Graden abgesetzt, um für die längere Seereise instandgesetzt und verproviantiert zu werden. Clara konnte nicht daran zweifeln, dass ihre Hand als Preis für die Rettungsfahrt vereinbart worden war, denn obwohl Northmour niemals unfreundlich oder auch nur unhöflich war, hatte er sich doch bei verschiedenen Gelegenheiten etwas anmaßend in Worten und Benehmen gezeigt.

Ich brauche nicht zu sagen, dass ich sie mit gespannter Aufmerksamkeit anhörte, und dass ich über das, was mir geheimnisvoll klang, viele Fragen an sie richtete. Ich tat es vergeblich, sie hatte keine klare Vorstellung, von welcher Art die drohende Gefahr war und wie sie sich wahrscheinlich äußern würde. Die Angst ihres Vaters war ungeheuer; sie warf ihn auch körperlich völlig zu Boden, und er hatte mehr als einmal daran gedacht, sich einfach der Polizei zu stellen. Aber diesen Plan hatte er endgültig aufgegeben; denn er war überzeugt, dass nicht einmal unsere englischen Gefängnisse ihn vor seinen Verfolgern schützen könnten. Er hatte in den letzten Jahren viele Geschäfte mit Italien und mit Italienern gemacht, die in London wohnten. Clara glaubte, dass diese Geschäfte in irgendwelcher Verbindung mit der ihn bedrohenden Gefahr standen. Er hatte große Angst gezeigt, als er an Bord des »Red Earl« einen italienischen Matrosen vorgefunden hatte, und Northmour wiederholt bittere Vorwürfe deswegen gemacht. Northmour hatte erklärt, Beppo – so hieß der Matrose – sei ein ganz famoser Bursche, dem man bis in den Tod vertrauen könne; der alte Huddlestone aber hatte seitdem immer wieder erklärt, alles sei verloren, es sei nur noch eine Frage von Tagen, und durch Beppo werde er schließlich doch noch zugrunde gehen.

Ich sah in der ganzen Geschichte weiter nichts als Wahnvorstellungen eines vom Unglück erschütterten Geistes. Huddlestone hatte durch seine italienischen Geschäfte schwere Verluste gehabt; deshalb war ihm der bloße Anblick eines Italieners verhasst, und es war ganz natürlich, dass ein Italiener die Hauptrolle in den Wahngebilden spielte, die ihn verängstigten.

»Was Ihr Vater braucht«, sagte ich, »ist ein guter Doktor und irgendeine beruhigende Arznei.«

»Aber Mr Northmour?«, warf Clara ein. »Der ist durch keine Verluste aufgeregt worden, und trotzdem teilt er die Angst meines Vaters.«

Ich musste unwillkürlich lachen über das, was ich für ihre Einfalt hielt, und sagte:

»Meine Liebe, Sie selbst haben mir gesagt, welchen Lohn er zu erwarten hat. Sie dürfen nicht vergessen, dass in der Liebe jedes Mittel erlaubt ist, und wenn Northmour die Ängste Ihres Vaters noch zu steigern versucht, so geschieht das durchaus nicht, weil er Furcht vor irgendeinem Italiener hat, sondern ganz einfach, weil eine reizende Engländerin ihn bezaubert hat.«

Sie erinnerte mich an den Angriff, den er in der Nacht der Landung auf mich selbst gemacht hatte, und diesen konnte ich allerdings auch nicht erklären. Kurz und gut, nachdem wir alles durchgesprochen hatten, machten wir ab, dass ich sofort zum Fischerdorf Graden Wester, wie es genannt wurde, aufbrechen sollte. Dort sollte ich alle Zeitungen lesen, die ich auftreiben konnte, um auf diese Weise selbst zu sehen, ob für die fortgesetzte Beunruhigung ein tatsächlicher Grund vorhanden wäre. Darüber sollte ich am nächsten Morgen, zu derselben Stunde und an demselben Ort, Clara meinen Bericht machen. Sie sprach diesmal nicht mehr davon, dass ich mich entfernen sollte; sie machte kein Geheimnis mehr daraus, dass sie meine Nähe als hilfreich und angenehm empfand; und ich für meinen Teil hätte sie nicht verlassen können, und wenn sie mich auf den Knien darum gebeten hätte.

Vor zehn Uhr vormittags war ich schon in Graden Wester; denn ich war zu jener Zeit ein ausgezeichneter Fußgänger, und die Entfernung betrug, wie ich schon erwähnt habe, wenig mehr als sieben Meilen auf angenehmem Weg über federnden Rasen. Das Dorf ist eins der armseligsten an jener Küste, und das will viel heißen. In einer Talmulde liegt eine Kirche; in den Klippen befindet sich ein erbärmlicher Hafen, in dem schon viele Boote bei ihrer Heimkehr vom Fischfang untergegangen sind. Vier oder fünf Dutzend Steinhäuser bilden am Strand entlang zwei Straßen, von denen die eine zum Hafen führt, die andere in einem rechten Winkel von ihr abzweigt; an der Ecke dieser beiden Straßen liegt eine sehr dunkle, ungemütliche Herberge, das erste »Hotel« dieses Nestes.

Ich hatte mich etwas besser gekleidet und sah einigermaßen so aus, wie es meiner Lebensstellung entsprach. Ich suchte sofort den Pfarrer in seinem kleinen Haus neben dem Kirchhof auf. Er kannte mich, obwohl mehr als neun Jahre vergangen waren, seitdem wir uns zuletzt getroffen hatten; und als ich ihm erzählte, ich sei lange auf einer Fußwanderung gewesen und in Bezug auf die Zeitereignisse etwas in Rückstand geraten, lieh er mir bereitwillig einen Armvoll Zeitungen, die mir über den ganzen letzten Monat bis zum Tag zuvor Auskunft geben konnten. Mit diesen suchte ich den Gasthof auf, bestellte mir etwas zum Frühstück und setzte mich hin, um die Geschichte des Huddlestone'schen Bankrotts zu studieren.

Er hatte allem Anschein nach ungeheures Aufsehen erregt. Tausende von Menschen waren dadurch verarmt; ein Mann hatte sich eine Kugel durch den Kopf geschossen. Es war für mich eine eigentümliche Beobachtung, dass ich beim Lesen dieser Einzelheiten eigentlich mehr Mitgefühl mit Huddlestone als mit seinen Opfern empfand – so vollkommen beherrschte mich schon die Liebe zu Clara. Natürlich war bereits eine Belohnung auf die Festnahme des Bankiers ausgesetzt; und da sein Verbrechen unentschuldbar und die öffentliche Entrüstung allgemein sehr stark war, so war auf die Festnahme der ungewöhnlich hohe Betrag von siebenhundertfünfzig Pfund ausgeschrieben worden. Man berichtete, er habe sehr große Geldsummen in seinem Besitz. An einem Tag hatte man ihn in Spanien gesehen; am nächsten wusste man ganz genau, dass er sich in der Gegend zwischen Manchester und Liverpool oder an der Küste von Wales versteckt hielt. Den folgenden Tag meldete ein Telegramm seine Ankunft in Kuba oder Yukatan. Aber in allen diesen Nachrichten stand niemals ein Wort von einem Italiener oder war überhaupt das geringste Geheimnisvolle.

Nur im allerletzten Artikel war eine Stelle, die nicht so ganz klar war. Die Buchprüfer, die mit der Untersuchung des Bankrotts beauftragt waren, hatten scheinbar festgestellt, dass ein Betrag von sehr vielen tausend Pfund eine Zeitlang in den Geschäftsbüchern der Firma Huddlestone aufgetaucht, dann aber plötzlich vollkommen verschwunden war. Diese Summe war aber von nirgendwoher gekommen und in der gleichen geheimnisvollen Weise verschwunden. Nur einmal war ein Name angedeutet – oder vielmehr, die Buchstaben X. X. standen an Stelle eines Namens. So viel stand aber fest, dass diese große Summe zum ersten Mal vor sechs Jahren zu einer sehr kritischen Periode in das Geschäft eingeflossen war. Der Name eines sehr hohen Herrn, eines königlichen Prinzen, war in Verbindung mit dieser Geldsumme genannt worden. Man nahm an, dass »der feige Desperado« – diesen Ausdruck gebrauchte der Autor des Artikels – bei seiner Flucht noch einen großen Teil dieses geheimnisvollen Geldes im Besitz gehabt habe.

Ich dachte noch über diesen Fall und dessen einzelne Tatsachen nach und versuchte sie in irgendeine Verbindung mit der Mr Huddlestone bedrohenden Gefahr zu bringen, da trat ein Mann in das Wirtshaus ein und verlangte mit einem unverkennbar ausländischen Akzent etwas Brot und Käse.

»Siete Italiano?«, fragte ich ihn.

»Si, Signore«, war die Antwort.

Ich sagte, es sei ungewöhnlich, so weit im Norden einen Landsmann von ihm zu finden. Darauf zuckte er nur die Achseln und antwortete, man gehe eben überall hin, wo man Arbeit bekommen könne. Was für Arbeit er in Graden Wester zu finden hoffen konnte, war mir nicht recht begreiflich, und die Begegnung mit diesem Mann machte einen so unangenehmen Eindruck auf mich, dass ich den Wirt, der mir etwas Kleingeld aufzählte, fragte, ob er denn früher schon einen Italiener im Städtchen gesehen hätte. Er sagte, er habe mal ein paar Norweger gesehen, die an der anderen Seite von Graden Ness Schiffbruch erlitten hätten und von dem Rettungsboot von Cauld Haven an Land gebracht worden wären.

»Nein«, sagte ich, »ich meine einen Italiener, wie der Mann, der eben Brot und Käse kaufte.«

»Was?«, rief der Wirt. »War der schwarze Bursche mit den weißen Zähnen ein Italiener? Na, das war der erste Italiener, den ich in meinem Leben je gesehen habe, und 's wird auch wohl der letzte gewesen sein.«

Während er noch sprach, sah ich zufällig zum Fenster hinaus auf die Straße und bemerkte drei Männer, die sehr eifrig miteinander sprachen; sie waren keine dreißig Schritte entfernt. Einer von ihnen war mein neuer Bekannter aus dem Wirtshaus. Die anderen beiden mussten, nach ihren gutaussehenden, blassen Gesichtszügen und weichen Hüten zu urteilen, von derselben Herkunft sein. Ein paar Kinder standen um sie herum, gestikulierten und schnatterten und äfften offenbar die Sprache und die Gebärden der fremden Männer nach. Das Trio sah in der öden schmutzigen Straße, in der es stand, auffallend fremdländisch aus. Ich gestehe, dass in diesem Augenblick meine Ungläubigkeit einen Stoß erhielt, von dem sie sich niemals wieder erholte. So viele Vernunftgründe ich mir auch anführte – ich konnte nicht abstreiten, was meine eigenen Augen gesehen hatten, und auch mich begann die Furcht vor den Italienern zu packen.

Es war schon wieder beinahe Abend geworden, als ich meine Zeitungen ins Pfarrhaus zurückbrachte; hierauf ging ich mit kräftigen Schritten durch die Dünen zu meinem Lager. Niemals werde ich diesen Gang vergessen! Es war sehr kalt geworden, und der Wind heulte immer lauter. Er strich durch das kurze Gras, auf das meine Füße traten; feine Regenschauer gossen vom Himmel herunter, und ein ungeheures Wolkengebirge begann sich aus dem Meer aufzutürmen. Einen trüberen Abend kann man sich schwer vorstellen; und entweder es kam von den äußeren Einflüssen oder auf meine Nerven hatte alles, was ich gesehen und gehört hatte, schon seine Wirkung ausgeübt – meine Gedanken waren jedenfalls ebenso trüb wie das Wetter.

Von den oberen Fenstern des Dünenhauses aus konnte man einen beträchtlichen Streifen der Dünen in der Richtung von Graden Wester sehen. Um nicht bemerkt zu werden, musste ich mich deshalb an den Strand halten, bis die höheren Sandhügel mir Deckung gewährten. Von dort konnte ich durch die Dünentäler hindurch querfeldein zu meinem Waldrand hinübergehen.

Die Sonne wollte untergehen. Die Ebbe hatte den Strand entblößt, und die ganze gefährliche Treibsandstelle lag frei. Ich ging, in meine trüben Gedanken versunken, mit gesenktem Kopf meines Weges – da wurde ich plötzlich wie vom Donner gerührt, als ich menschliche Fußabdrücke im Sand sah. Sie liefen in derselben Richtung wie der Weg, den ich ging, aber sie befanden sich tiefer unten am Strand, anstatt am Rand des Heidekrauts, auf welchem ich selber ging; und als ich sie genau untersuchte, erkannte ich sofort an der plumpen Form der Füße, dass sie einem Fremden gehörten, der mit mir und den Bewohnern des Dünenhauses nichts zu tun hatte. Und nicht nur das – daran, dass er in der unvorsichtigsten Weise ganz dicht an den gefährlichsten Stellen entlanggegangen war, erkannte man deutlich, dass er in der Gegend fremd sein musste und von dem berüchtigten Treibsand von Graden Floe noch niemals etwas gehört hatte.

Schritt für Schritt folgte ich den Fußabdrücken, bis ich, ungefähr eine Viertelmeile weiter, bemerkte, dass sie sich am Südostrand von Graden Floe verloren. Wer er auch gewesen sein mochte – dort war der Unglückliche umgekommen. Ein oder zwei Möwen, die ihn vielleicht hatten versinken sehen, kreisten mit ihrem gewöhnlichen melancholischen Gepfeife über seinem Grab. Die Sonne hatte mit einer letzten Anstrengung die Wolken durchbrochen und übergoss die weite Fläche der Treibsandgründe mit einem purpurnen Schein. Ich stand eine Weile still und starrte auf diese Stelle – von meinen eigenen Gedanken erstarrt und entmutigt und mit einem starken, alles beherrschenden Bewusstsein von der Nähe des Todes. Ich erinnere mich, dass ich darüber nachdachte, wie lange die Tragödie wohl gedauert haben und ob man im Dünenhaus wohl die Schreie des Opfers gehört haben mochte. Und dann wollte ich mich unter Aufgebot aller meiner Willenskraft losreißen – da fiel ein besonders starker Windstoß über den Strand her, und ich sah einen weichen Filzhut, bald hoch oben in der Luft, bald über den Grund hinrollen. Er war von leicht kegelförmiger Gestalt und sah genauso aus, wie die Hüte, die ich in Graden auf den Köpfen der Italiener gesehen hatte.

Ich glaube – doch bin ich nicht ganz sicher –, ich stieß einen Schrei aus. Der Wind trieb den Hut zum Strand hin, und ich lief um den Rand des Treibsands herum, um ihn aufzufangen. Der Wind ließ einen Augenblick nach, und der Hut landete auf dem Treibsand. Dann erhob der Wind sich wieder, und der Hut fiel ein paar Schritte vor mir nieder.

Ihr könnt euch denken, wie eifrig ich den Hut ergriff! Er hatte schon einiges durchgemacht; er sah in der Tat noch abgegriffener und schäbiger aus als die anderen, die ich an dem Tag schon gesehen hatte. Das Futter war rot; es trug einen Stempel mit dem Namen des Fabrikanten, den ich inzwischen vergessen habe, und mit dem Erzeugungsort. Dieser lautete: Venedig. Bekanntlich nannten die Österreicher die schöne Stadt Venezia so, die damals, und noch eine Zeitlang nachher, zu ihren Besitzungen gehörte.

Ich war ganz betroffen. Auf allen Seiten sah ich Italiener, die nur in meiner Einbildung vorhanden waren, und zum ersten – ich darf sagen: auch zum letzten – Mal in meinem Leben überwältigte mich ein sogenannter panischer Schrecken. Ich meine: Ich wusste nichts, wovor ich hätte Angst haben sollen, und trotzdem hatte ich, das gebe ich zu, eine Heidenangst, und nur mit Widerstreben kehrte ich zu meinem so leicht aufzufindenden, einsamen Lager im Strandwald zurück.

Dort aß ich etwas kalten Haferbrei, den ich am Abend vorher übriggelassen hatte; denn ich wollte nicht gern ein Feuer anmachen. Gestärkt und mit neuem Mut verscheuchte ich all die abstrusen Schreckensvorstellungen aus meinem Kopf und legte mich zum Schlafen nieder.

Wie lange ich geschlafen haben mag, davon habe ich keine Ahnung. Aber ich erwachte schließlich von einem hellen Lichtschein, der mir gerade ins Gesicht fiel. Er weckte mich auf wie ein Faustschlag. Im Nu hatte ich mich auf meine Knie aufgerichtet. Aber das Licht war ebenso plötzlich, wie es gekommen war, wieder verschwunden. Die Finsternis war undurchdringlich. Vom Meer her kamen furchtbare Windstöße, vom Himmel goss es in Strömen herab, und das Tosen des Unwetters verschlang alle anderen Geräusche.

Es wird mindestens eine halbe Minute gedauert haben, bis ich völlig bei Bewusstsein war. Wären nicht zwei besondere Umstände gewesen, so hätte ich geglaubt, dass irgendein besonders grausiger Alptraum mich aufgeschreckt hätte. Erstens war jetzt mein Zelttuch, das ich sorgfältig befestigt hatte, lose und flatterte im Wind. Zweitens konnte ich, mit einer Deutlichkeit, die jeden Gedanken an eine Sinnestäuschung ausschloss, den Geruch von heißem Metall und brennendem Öl wahrnehmen. Die Schlussfolgerung war klar. Ich war von jemandem geweckt worden, der mir das Licht einer Fokussierlaterne ins Gesicht fallen lassen hatte. Er hatte mein Gesicht gesehen und sich dann sofort entfernt. Es war nur ein Aufblitzen gewesen, und dann wieder finster. Ich fragte mich, was der Anlass eines so sonderbaren Verhaltens gewesen sein könne, und die Antwort kam prompt. Der Mensch, wer auch immer er gewesen sein mochte, hatte mich zu erkennen geglaubt und gesehen, dass er sich geirrt hatte. Indes blieb eine andere Frage noch ungelöst; und auf diese – das darf ich wohl sagen – fürchtete ich mich, eine Antwort zu geben: Was hätte er getan, wenn er mich gekannt hätte?

Meine Befürchtungen wurden augenblicklich von mir selbst abgelenkt; denn ich sah, dass ich nur aus Versehen besucht worden war, und ich gelangte zu der Überzeugung, dass irgendeine furchtbare Gefahr das Dünenhaus bedrohte. Es kostete einige Überwindung, mich in das finstere, wirre Dickicht zu wagen, das meine Kuhle umgab und über ihr hing. Aber ich tastete mich zu den Dünen hinunter – vom Regen durchnässt, von den Windstößen hin- und hergeworfen und betäubt; bei jedem Schritt fürchtend, dass meine ausgestreckte Hand einen im Hinterhalt lauernden Feind berühren würde. Die Dunkelheit war so vollständig, dass ich von einer ganzen Armee hätte umzingelt sein können, ohne etwas davon zu wissen, und der Sturm toste so laut, dass meine Ohren mir ebenso wenig helfen konnten wie meine Augen.

Den ganzen Rest der Nacht, die mir unendlich schien, patrouillierte ich die Umgebung des Pavillons ab, ohne ein lebendes Wesen zu sehen und ohne etwas anderes zu hören als das Riesenkonzert, das Sturm, Brandung und Regen zusammen machten. Ein Licht im oberen Stockwerk schimmerte durch eine Ritze des Fensterladens hindurch und leistete mir Gesellschaft, bis die Morgendämmerung kam.

Fünftes Kapitel

Ein Gespräch zwischen Northmour, Clara und mir

Mit der ersten Dämmerung zog ich mich aus dem freien Feld in meinen alten Hinterhalt zwischen den Dünen zurück, um dort auf meine Frau zu warten. Der Morgen war grau, stürmisch und trüb, aber noch bevor die Sonne aufging, legte der Wind sich etwas, dann schlug er um und wehte nur stoßweise von der See her. Die Wogen gingen nicht mehr so hoch, aber der Regen strömte immer noch unbarmherzig vom Himmel herab. In der ganzen Dünenwildnis war kein Lebewesen zu sehen. Trotzdem war ich überzeugt, dass die ganze Umgebung von versteckten Feinden scharf beobachtet wurde. Das Licht war so überraschend plötzlich auf mein Gesicht gefallen, als ich in meiner Kuhle schlief. Dieser Umstand und der Hut, der vom Wind über Graden Floe getrieben worden war – das waren zwei sprechende Anzeichen für die Gefahr, die Clara und die Leute im Dünenhaus umgab.

Es war vielleicht halb acht oder sogar schon näher an acht Uhr, als ich endlich die Tür sich öffnen und die liebe Gestalt im Regen auf mich zukommen sah. Ich erwartete sie bereits auf dem Strand, bevor sie noch an den Dünen vorbei war.

»Es hat mir solche Schwierigkeiten gemacht, zu Ihnen zu kommen!«, rief sie mir entgegen. »Sie wollten nicht, dass ich in den Regen hinausginge.«

»Clara«, sagte ich, »Sie haben Angst!«

»Nein«, antwortete sie, mit einer Einfachheit, die mein Herz mit Vertrauen erfüllte. Denn meine Frau war nicht nur die beste, sondern auch die tapferste aller Frauen; nach meinen Erfahrungen sind diese beiden Eigenschaften sonst nicht miteinander vereinigt; aber bei ihr waren sie's; sie verband den höchsten Mut mit den liebenswertesten und schönsten Tugenden.

Ich erzählte ihr, was sich ereignet hatte, und obwohl ihre Wange sichtlich erbleichte, behielt sie sich vollkommen in der Gewalt.

»Sie sehen jetzt, dass ich in Sicherheit bin«, sagte ich zum Schluss. »Sie haben nicht die Absicht, mir etwas zuleide zu tun; denn wenn sie das gewollt hätten, wäre ich diese Nacht ein toter Mann gewesen.«

Sie legte ihre Hand auf meinen Arm und rief:

»Und mir hat mein Gefühl nichts gesagt!«

Der Ton, in dem sie diese Worte sprach, durchschauerte mich mit Entzücken. Ich legte meinen Arm um sie und zog sie an mich, und bevor wir beide noch daran dachten, lagen ihre Hände auf meinen Schultern und meine Lippen auf ihrem Mund. Und doch war bis zu dem Augenblick kein Wort von Liebe zwischen uns gewechselt worden. Bis auf den heutigen Tag erinnere ich mich an die Berührung ihrer Wange: Sie war vom Regen kalt und nass, und sehr oft seitdem habe ich, wenn sie sich gewaschen hatte, wieder ihre nasse Wange geküsst und dabei an jenen Morgen am Strand gedacht. Jetzt, da sie von mir genommen ist und ich allein und einsam durch die Welt pilgere, bis es zu Ende ist, denke ich an unsere Liebkosungen von einst und an die tiefe ehrliche Zärtlichkeit, die uns vereinte, und der Verlust, den ich erlitt, erscheint im Vergleich damit nur eine Kleinigkeit.

So mögen wir wohl einige Sekunden gestanden sein – denn Liebenden vergeht die Zeit schnell –, da wurden wir von einem schallenden Gelächter aus nächster Nähe aufgeschreckt. Es war kein natürlich heiteres Lachen, sondern schien geheuchelt zu sein, um ein zorniges Gefühl zu verbergen.

Wir drehten uns beide um; doch ließ ich meinen Arm um Claras Hüften liegen, und sie suchte sich mir nicht zu entwinden. Und da stand, ein paar Schritte von uns entfernt am Strand, Northmour – den Kopf gesenkt, die Hände auf dem Rücken gekreuzt, die Nüstern weiß vor Leidenschaft.

»Ah! Cassilis!«, sagte er, als ich ihm mein Gesicht zuwandte.

»Eben der«, sagte ich ganz ruhig; denn ich war nicht im Geringsten aus der Fassung gebracht.

»Auf diese Weise also, Fräulein Huddlestone«, fuhr er langsam, aber wütend fort, »auf diese Weise halten Sie Ihrem Vater und mir die Treue? Solchen Wert legen Sie auf Ihres Vaters Leben? Und so vernarrt sind Sie in diesen jungen Herrn, dass Sie jede Rücksicht auf Gefahr, auf Anstand und auf gewöhnliche menschliche Klugheit außer Acht lassen –«

»Fräulein Huddlestone –«, wollte ich ihn unterbrechen; aber jetzt brach plötzlich seine Wut los; er ließ mich nicht zu Wort kommen und schrie mich an:

»Halt du deinen Mund! Ich spreche mit dem Mädchen!«

»Das Mädchen, wie du sie nennst, ist meine Frau!«, sagte ich; und meine Frau schmiegte sich bei diesen Worten nur noch inniger an mich an, und so wusste ich, dass sie meinen Worten zustimmte.

»Deine was?«, schrie er. »Du lügst!«

»Northmour«, sagte ich, »wir wissen alle, dass du ein übles Temperament hast; und ich bin der Letzte, der sich durch Worte aus der Ruhe bringen lässt. Trotzdem rate ich dir, leiser zu sprechen; denn ich bin überzeugt, dass wir nicht allein sind.«

Er sah sich um, und es war deutlich zu sehen, dass meine Bemerkung seine Leidenschaftlichkeit etwas besänftigt hatte.

»Was meinst du damit?«, fragte er.

Ich antwortete nur:

»Italiener!«

Er stieß einen lauten Fluch aus und sah erst mich, dann Clara an.

»Mr Cassilis weiß alles, was ich weiß«, sagte meine Frau.

»Ich möchte wissen«, brach er los, »woher zum Teufel Mr Cassilis kommt, und was zum Teufel Mr Cassilis hier tut. Sie sagen, Sie seien mit ihm verheiratet – das glaube ich nicht! Wenn Sie es wären, würde Graden

Floe bald für die Scheidung sorgen – viereinhalb Minuten, Cassilis! Ich habe meinen Privatfriedhof für meine Freunde.«

»Bei dem Italiener dauerte es etwas länger«, sagte ich.

Er sah mich einen Augenblick wie verblüfft an; dann bat er mich beinahe höflich, meine Geschichte zu erzählen.

»Du bist mir gegenüber zu sehr im Vorteil, Cassilis«, setzte er hinzu.

Natürlich erfüllte ich seinen Wunsch, er hörte mich, mit verschiedenen Ausrufen zwar, aber sonst ruhig an, als ich ihm erzählte, wie ich nach Graden gekommen war; dass ich es war, den er in der Nacht der Landung zu erstechen versucht hatte; und was ich später von den Italienern gesehen und gehört hatte.

»Nun«, sagte er, als ich fertig war, »jedenfalls ist es jetzt so weit – sie sind hier: daran ist nicht zu zweifeln. Und was, wenn ich fragen darf, gedenkst du jetzt zu tun?«

»Ich gedenke, bei euch zu bleiben und euch zu helfen«, sagte ich.

»Du bist ein tapferer Mann«, sagte er mit einer ganz besonderen Betonung.

»Ich habe keine Furcht«, antwortete ich.

»Wenn ich also richtig verstanden habe«, fuhr Northmour fort, »seid ihr zwei verheiratet? Und das sagen Sie mir ganz ruhig ins Gesicht, Fräulein Huddlestone?«

»Wir sind noch nicht verheiratet«, sagte Clara, »aber wir werden es sein, sobald es möglich ist.«

»Bravo! Und unsere Abmachung? Den Teufel noch mal – Sie sind nicht dumm, junge Frau! Da darf ich auch das Kind beim rechten Namen nennen. Wie steht's mit unserer Abmachung? Sie wissen so gut wie ich, dass das Leben Ihres Vaters davon abhängt. Ich brauche nur meine Hände in die Hosentaschen zu stecken und davonzugehen, und ihm ist die Kehle abgeschnitten, bevor es Abend ist!«

»Ja, Mr Northmour«, sagte Clara mit großer Geistesgegenwart, »aber gerade das werden Sie niemals tun! Sie schlossen einen Handel ab, der eines Gentleman unwürdig war; trotzdem aber sind Sie doch ein Gentleman, und Sie werden niemals einen Menschen im Stich lassen, dem Sie zu helfen begonnen hatten!«

»Aha! Sie denken, ich werde meine Jacht umsonst hergeben? Sie denken, ich werde dem alten Herrn zuliebe Leben und Freiheit riskieren? Und dann zum Schluss wahrscheinlich auf der Hochzeit den Brautführer machen? Na«, setzte er nach einer kleinen Pause mit einem sonderbaren Lächeln hinzu, »vielleicht haben Sie gar nicht so unrecht, aber fragen Sie nur Cassilis, der kennt mich. Bin ich ein Mann, dem man trauen kann? Bin ich zuverlässig und gewissenhaft? Bin ich gütig?«

»Ich weiß, Sie reden viel, und manchmal, glaube ich, großen Unsinn«, erwiderte Clara; »aber ich weiß, Sie sind ein Gentleman, und habe nicht die geringste Furcht.«

Er sah sie mit einem eigentümlichen Ausdruck von Zustimmung und Bewunderung an; dann wandte er sich zu mir und sagte:

»Glaubst du, ich würde sie ohne Kampf aufgeben, Frank. Ich sage dir: Sieh dich vor! Wenn wir das nächste Mal aneinandergeraten –«

»So wird dies das dritte Mal sein«, unterbrach ich ihn lächelnd.

»Allerdings, ganz recht! Ich hatte es vergessen. Na, aller guten Dinge sind drei.«

»Du meinst wohl, beim dritten Mal wirst du die Mannschaft vom ›Red Earl‹ zu deiner Hilfe haben.«

»Hören Sie, was er sagt?«, fragte er Clara.

»Ich höre zwei Männer wie Feiglinge reden«, sagte sie, »ich würde mich selbst verachten, wenn ich so spräche oder auch nur so dächte. Und keiner von Ihnen beiden glaubt ein Wort von dem, was er sagt; umso verruchter und dümmer ist solches Gerede.«

»Sie ist eine Wucht!«, rief Northmour. »Aber sie ist noch nicht Mrs Cassilis! Mehr sage ich nicht. Der Augenblick ist mir nicht günstig.«

Plötzlich sagte meine Frau zu meiner Überraschung:

»Ich lasse die Herren allein. Mein Vater ist schon zu lange allein gewesen. Aber denken Sie beide an eines: Sie müssen Freunde sein; denn Sie sind beide meine guten Freunde.«

Sie hat mir später gesagt, warum sie so handelte: Solange sie geblieben wäre, hätten wir beide miteinander gestritten.

Und ich glaube, sie hatte recht; denn kaum war sie gegangen, gingen wir zu einer gewissen Vertraulichkeit über.

Northmour starrte ihr nach, als sie über die Düne ging, stieß einen Fluch aus und rief:

»Sie ist die einzige Frau auf der Welt! Sieh, wie sie geht!«

Ich ergriff sofort diese Gelegenheit, um etwas mehr Aufklärung zu erhalten, und sagte:

»Höre mal, Northmour! Wir sind doch alle in der Klemme, nicht wahr?«

»Das will ich glauben, mein Junge!«, antwortete er mit Nachdruck, indem er mir in die Augen sah. »Die ganze Hölle ist gegen uns losgelassen – das ist die nackte Wahrheit. Du magst mir glauben oder nicht – aber ich habe Angst um mein Leben.«

»Sage mir nur eines: Was wollen sie eigentlich, diese Italiener? Was verlangen sie von Huddlestone?«

»Das weißt du nicht?«, rief Northmour. »Der alte Schuft hatte Gelder von den Carbonari in Aufbewahrung – zweihundertundachtzigtausend Pfund. Natürlich verspielte er die an der Börse. Es sollte eine Revolution im Trentino stattfinden oder in Parma; aber die Revolution fiel ins Wasser, und das ganze Wespennest ist jetzt hinter Huddlestone her. Wir können sehr froh sein, wenn wir unsere Haut retten.«

»Die Carbonari«, rief ich aus, »dann allerdings mag Gott uns gnädig sein!«

»Amen! Und nun, hör: Ich habe dir gesagt, wir sind in der Klemme, und offen gestanden: Ich bin froh, wenn du uns helfen willst. Wenn ich Huddlestone nicht retten kann, möchte ich wenigstens das Mädchen retten. Komm mit mir ins Dünenhaus und bleib bei uns! Hier meine Hand darauf: Ich werde als dein Freund handeln, bis der alte Mann entweder in Sicherheit oder tot ist. Aber«, setzte er hinzu, »sobald das abgemacht ist, bist du wieder mein Nebenbuhler. Ich warne dich: Nimm dich in Acht!«

»Abgemacht!«, rief ich; und wir schüttelten uns die Hände.

»Nun wollen wir sofort in unsere Festung gehen!«, sagte Northmour; und er ging durch den Regen mir voran.

Sechstes Kapitel

Ich werde dem »Langen« vorgestellt

Clara ließ uns in den Pavillon ein, und ich sah mit Überraschung, wie vollständig und groß die Verteidigungsvorkehrungen waren.

Eine sehr starke und doch leichtbewegliche Barrikade beschützte die Tür gegen jeden gewaltsamen Angriff von außen, und die Fensterläden des von einer Lampe schwach beleuchteten Esszimmers, in das ich sofort geführt wurde, waren noch kunstreicher befestigt. Die Holzbretter waren durch Stangen und Querriegel verstärkt, und diese wurden wieder durch ein ganzes System von Sparren und Stützen festgehalten, die zum Teil vom Fußboden, zum Teil von der Decke ausgingen, während andere die Fensterläden mit der gegenüberliegenden Wand verbanden. Es war ein festes und sehr sinnreich ausgedachtes Stück Zimmermannsarbeit, und ich machte keinen Versuch, meine Bewunderung zu verhehlen.

»Der Baumeister bin ich!«, sagte Northmour. »Du erinnerst dich an die Planken im Garten? Das sind sie.«

»Ich wusste nicht, dass du so viele Künste beherrschst«, sagte ich.

»Bist du bewaffnet?«, fuhr er fort und deutete gleichzeitig auf eine Reihe von Pistolen und Gewehren, sämtliche in tadellosem Zustand, die gegen die Wand gelehnt waren oder auf den Tischen lagen.

»Danke«, antwortete ich, »ich habe meine Pistole immer bei mir gehabt, seitdem wir uns zum letzten Mal trafen. Aber, um dir die Wahrheit zu sagen: ich habe seit gestern Nachmittag nichts zu essen gehabt.«

Northmour holte etwas kaltes Fleisch, über das ich mich sofort hermachte; dazu setzte er mir eine Flasche guten Burgunder vor, den ich mir, durchnässt wie ich war, ohne Gewissensbisse zu Gemüte führte. Ich bin stets aus Prinzip ein strenger Alkoholgegner gewesen; aber man braucht Grundsätze nicht zu übertreiben, und bei dieser Gelegenheit mag ich wohl drei Viertel von der Flasche geleert haben.

Während ich aß, bewunderte ich fortwährend die Verteidigungsmaßnahmen, und schließlich sagte ich:

»Wir könnten eine Belagerung aushalten.«

»Jaaa«, sagte Northmour in sehr gedehntem Ton, »eine sehr kurze – vielleicht. Ich zweifle nicht so sehr an der Widerstandsfähigkeit des Hauses; was mich kaputt macht, ist die doppelte Gefahr: Wenn es zum Schießen kommt, wird es ganz bestimmt selbst in dieser einsamen Gegend irgendjemand hören, und dann – na, dann ist es ganz dasselbe, bloß ganz anders, wie die Redensart lautet: Entweder von Gesetzes wegen ins Loch gesperrt oder von den Carbonari abgeschlachtet. Zwischen diesen beiden Dingen haben wir die Wahl. Es ist ein verdammt ekliges Ding auf dieser Welt, das Gesetz gegen sich zu haben, und das sage ich auch dem alten Herrn da oben. Er ist auch vollständig meiner Meinung.«

»Da du davon sprichst«, sagte ich, »was für eine Art von Mensch ist er?«

»Oh, der! Das ist ein ziemlich übler Kerl. Meinetwegen könnten sämtliche Teufel Italiens ihm morgen das Genick umdrehen. Ich habe mich nicht seinetwegen auf die Geschichte eingelassen. Du verstehst mich? Es ist ein Geschäft um die Hand der Lady, und ich will sie auch haben.«

»Das verstehe ich, nebenbei bemerkt. Aber wie wird Mr Huddlestone es aufnehmen, dass ich hier ins Haus komme?«

»Überlasse das Clara!«, antwortete Northmour.

Ich hätte ihn wegen dieser plumpen, vertraulichen Bezeichnung ins Gesicht schlagen mögen, aber ich achtete den Burgfrieden, wie übrigens, das muss ich sagen, auch Northmour es tat. Solange die Gefahr anhielt, verdunkelte kein Schatten unsere Beziehungen. Es freut mich aufrichtig, dass ich ihm dieses Zeugnis geben kann; ich sehe aber auch nicht ohne Stolz auf mein eigenes Betragen zurück. Denn gewiss waren niemals zwei Männer in einer so peinlichen Lage, die jeden Augenblick zum Streit führen konnte.

Sobald ich gegessen hatte, machten wir uns daran, das Erdgeschoss zu besichtigen. An einem Fenster nach dem anderen prüften wir sämtliche Stützen und machten ab und zu eine unbedeutende Veränderung daran; dann klangen die Schläge des Hammers unheimlich laut durch das ganze Haus. Ich erinnere mich, dass ich den Vorschlag machte, Schießscharten anzubringen; er sagte mir aber, diese befänden sich bereits an den Fenstern des oberen Stockwerks.

Diese Besichtigung war eine nervenaufreibende Angelegenheit und versetzte mich in eine niedergeschlagene Stimmung. Es waren zwei Türen und fünf Fenster zu verteidigen, und wir waren, Clara mitgerechnet, nur zu viert gegen eine unbekannte Anzahl von Feinden. Ich teilte Northmour meine Bedenken mit, und er antwortete mir, ohne mit einem Muskel zu zucken, er sei vollkommen meiner Meinung.

»Vor morgen früh«, sagte er, »sind wir alle abgeschlachtet und liegen im Treibsand von Graden Floe. Das steht für mich festgeschrieben.«

Es schauderte mich, als er von dem Treibsand sprach, machte ihn aber darauf aufmerksam, dass sie mich im Wald geschont hätten.

»Bilde dir nur nichts ein!«, sagte er. »Damals warst du nicht mit dem alten Herrn in demselben Boot; jetzt bist du's. Uns alle erwartet Graden Floe – merke dir meine Worte!«

Ich zitterte um Clara; und gerade in diesem Augenblick hörten wir ihre liebe Stimme, die uns zurief, wir möchten nach oben kommen. Northmour ging mir voran und klopfte, als wir oben waren, an die Tür von »Onkels Schlafzimmer«, wie wir früher das Zimmer genannt hatten, das der Erbauer des Dünenhauses für sich selber bestimmt hatte.

»Herein, Northmour! Herein, lieber Mr Cassilis!«, sagte eine Stimme von drinnen.

Northmour stieß die Tür auf und ließ mich zuerst eintreten. Wie ich hineinkam, konnte ich die Tochter durch die Seitentür in das Arbeitszimmer nebenan schlüpfen sehen, das als Schlafzimmer für sie eingerichtet worden war.

Das Bett war an die Wand zurückgezogen, während es früher, als ich es zum letzten Mal gesehen hatte, ganz offen dem Fenster gegenüber gestanden hatte. In diesem Bett saß Bernard Huddlestone, der bankrotte Bankier. Obwohl ich ihn nur im schwankenden Licht der Laterne einen Augenblick bei den Dünen gesehen hatte, konnte ich ihn doch sofort wiedererkennen. Er hatte ein langes, blasses Gesicht, das von einem langen, roten Bart und Koteletten umrahmt war. Seine gebrochene Nase und die vorstehenden Backenknochen gaben ihm das Aussehen eines Kalmücken, und seine hellen Augen funkelten in der Erregung hohen Fiebers.

Er trug ein schwarzes Seidenkäppchen; eine große Bibel lag aufgeschlagen vor ihm auf dem Bett, daneben eine goldene Brille, und ein Haufen anderer Bücher war auf einem Nachttischchen aufgestapelt.

Die grünen Vorhänge gaben seinem Gesicht eine Leichenfarbe; er saß aufrecht in Kissen, die gegen seinen Rücken gestopft waren; er war stark gekrümmt, und sein Kopf war bis über seine Knie vornübergebeugt. Ich glaube, er hätte innerhalb sehr weniger Wochen an Auszehrung sterben müssen, wenn er nicht auf andere Weise umgekommen wäre.

Er streckte mir eine lange, dünne und unangenehm behaarte Hand entgegen und sagte:

»Kommen Sie, kommen Sie näher, Mr Cassilis! Noch ein Beschützer – ähem! – noch ein Beschützer. Stets willkommen als ein Freund meiner Tochter, Mr Cassilis. Wie haben sie mich verspottet, die Freunde meiner Tochter! Möge Gott im Himmel sie dafür segnen und belohnen!«

Ich gab ihm natürlich meine Hand, weil es nicht anders ging; aber die Sympathie für Claras Vater, die ich zu empfinden geglaubt hatte, wurde durch sein Äußeres und durch die winselnden, falschen Töne, in denen er sprach, sofort abgetötet.

»Cassilis ist ein tüchtiger Mann«, sagte Northmour, »so viel wert wie zehn.«

»Das höre ich!«, rief Huddlestone eifrig. »Meine Tochter sagte es mir schon. Ach, Mr Cassilis, sehen Sie, jetzt wird meine Sünde an mir vergolten! Es steht schlecht mit mir, sehr schlecht. Aber ich hoffe, ich bin auch ebenso reuig! Wir alle müssen schließlich zum Gnadenthron gelangen, Mr Cassilis, ich komme zwar spät, aber mit ungeheuchelter Demut, das hoffe ich fest!«

»Papperlapapp!«, sagte Northmour grob.

»Nein, nein, lieber Northmour!«, rief der Bankier. »So müssen Sie nicht reden! Sie müssen nicht versuchen, mich in meinem Glauben zu erschüttern. Sie vergessen, mein lieber, guter Junge, Sie vergessen, dass ich vielleicht schon in dieser Nacht vor meinen Schöpfer gerufen werde.«

Seine Aufregung war kläglich anzuhören, und ich fühlte ein Gefühl der Entrüstung gegen Northmour in mir aufsteigen. Ich wusste wohl, dass er ungläubig war, und verachtete ihn umso mehr, als er nun fortfuhr, den armen Sünder in seinem Zustand der Reue zu verhöhnen.

»Puh, mein lieber Huddlestone!«, sagte er. »Sie sind ungerecht gegen sich selber. Sie sind inwendig und auswendig ein Mann der Welt und hatten schon alle möglichen Missetaten vollbracht, bevor ich nur geboren war. Ihr Gewissen ist gegerbt wie südamerikanisches Leder – nur Ihre Leber haben Sie vergessen zu gerben, und die ist der Sitz des ganzen Unbehagens – glauben Sie mir das nur!«

»Schurke, Schurke! böser Junge!«, sagte Huddlestone mit drohendem Finger. »Ich bin kein Moralprediger, wenn Sie das meinen; Moralprediger habe ich immer gehasst. Aber trotz alledem habe ich doch niemals den letzten Halt verloren und immer an etwas Besseres geglaubt. Ich bin ein arger Sünder gewesen, Mr Cassilis, das versuche ich gar nicht zu leugnen; aber das war, nachdem meine Frau gestorben war, und das wissen Sie ja: Mit einem Witwer ist es eine ganz andere Sache. Ein Sünder – nun, ich will es nicht leugnen; aber es gibt auch Abstufungen, wollen wir hoffen. Und weil wir gerade davon reden – horch!«, unterbrach er sich plötzlich. Mit erhobener Hand, mit ausgespreizten Fingern, das Gesicht von Entsetzen verzerrt, saß er da.

»Nur der Regen, Gott sei Dank!«, sagte er nach einer Pause mit unbeschreiblicher Erleichterung.

Etliche Sekunden lang lag er in seinen Kissen, wie wenn er einer Ohnmacht nahe wäre; dann raffte er sich wieder auf und begann in etwas zittrigen Tönen mir abermals dafür zu danken, dass ich bereit sei, für ihn einzustehen.

»Nur eine Frage, Mr Huddlestone«, sagte ich, als er innehielt. »Ist es wahr, dass Sie Geld bei sich haben?«

Die Frage schien ihm unangenehm zu sein; er gab jedoch zu, wenn auch widerstrebend, dass er ein wenig habe.

»Nun«, fuhr ich fort, »sie sind hinter Ihrem Geld her, nicht wahr? Warum geben Sie es ihnen nicht heraus?«

»Ach!«, antwortete er und schüttelte den Kopf. »Das habe ich ja schon versucht, Mr Cassilis; aber leider! sie wollen Blut haben!«

»Huddlestone, was Sie da sagen, ist nicht ganz ehrlich!«, sagte Northmour. »Sie sollten erwähnen, dass die von Ihnen angebotene Summe mehr als zweihunderttausend Pfund zu wenig war. Der Fehlbetrag ist wohl der Erwähnung wert; es ist, wie man zu sagen pflegt, ein ordentlicher Batzen Geld, Frank. Und dann, siehst du, denken die Kerle auf ihre klare italienische Weise: Sie sind der Meinung, und da haben sie meiner Meinung auch ganz recht, dass sie ebenso gut beides haben können, weil sie schon mal dabei sind: das Geld und das Blut zusammen, beim Henker, und ohne dass das Extravergnügen eine Extramühe macht.«

»Ist das Geld hier im Haus?«, fragte ich.

»Jawohl; und ich wollte, es läge stattdessen auf dem

Meeresgrund«, sagte Northmour; und plötzlich schrie er den alten Huddlestone an, dem ich gedankenlos den Rücken zugekehrt hatte:

»Was schneiden Sie mir Grimassen? Glauben Sie vielleicht, Cassilis würde Sie verraten?«

Huddlestone beteuerte, dass ihm nichts ferner gelegen habe.

»Es ist wirklich reizend!«, versetzte Northmour in seinem unhöflichsten Ton. »Sie werden uns vielleicht schließlich die ganze Sache noch vergällen! Was wolltest du sagen?«, setzte er hinzu, indem er sich wieder zu mir wandte.

»Ich wollte eine Beschäftigung für den Nachmittag vorschlagen: Lass uns dieses Geld hinaustragen, Stück für Stück, und vor die Haustür legen. Wenn die Carbonari kommen, dann gehört es ja doch auf alle Fälle ihnen.«

»Nein, nein!«, rief Huddlestone. »Es gehört ihnen nicht, es kann ihnen nicht gehören! Es sollte *pro rata* unter alle meine Gläubiger verteilt werden.«

»Hören Sie mal, Huddlestone!«, sagte Northmour. »Lassen Sie uns mit dem Unsinn zufrieden!«

»Na ja – aber meine Tochter!«, stöhnte der Unglückliche.

»Ihrer Tochter wird es ganz gut gehen. Hier sind zwei Freier, Cassilis und ich – wir sind beide keine Bettler, und sie hat zwischen uns zu wählen. Und um mich nicht länger mit Ihnen zu streiten – Sie selbst haben kein Anrecht auf einen einzigen Heller, und wenn ich mich nicht sehr irre, werden Sie bald ein toter Mann sein.«

Sicherlich waren diese Worte sehr grausam; aber der alte Huddlestone war ein Mann, der wenig Mitgefühl erregte. Obwohl ich sah, wie er sich krümmte und zusammenzuckte, billigte ich doch im Geheimen die harten Worte; ja, ich verstärkte sie sogar noch selbst und sagte:

»Northmour und ich sind vollkommen bereit, Ihnen zu helfen, dass Sie Ihr Leben retten, aber nicht, dass Sie gestohlenes Gut in Sicherheit bringen.«

Er kämpfte eine Zeitlang mit sich selbst, wie wenn er kurz davor wäre, seinem Ärger freien Lauf zu lassen, schließlich aber siegte doch seine Vorsicht, und er sagte:

»Meine lieben Jungen, macht mit mir oder meinem Geld, was ihr wollt. Ich gebe alles in eure Hände. Lasst mich jetzt allein, ich muss mich sammeln.«

Und so gingen wir hinaus, und das herzlich gern!

Das Letzte, was ich sah, war, dass er seine große Bibel wieder an sich genommen hatte und mit zitternden Händen seine Brille aufsetzte.

Siebtes Kapitel

Ein Wort wird zum Fenster hineingerufen

Die Erinnerung an diesen Nachmittag wird stets meinem Gedächtnis eingegraben bleiben. Northmour und ich waren überzeugt, dass ein Angriff unmittelbar bevorstehe. Und wenn es in unserer Macht gelegen wäre, die Ereignisse in irgendeiner Weise zu beeinflussen, so hätten wir den entscheidenden Augenblick beschleunigt, nicht hinausgezögert. Wir mussten auf das Schlimmste gefasst sein, aber wir konnten uns nichts vorstellen, was so elend gewesen wäre wie die ungewisse Spannung, unter der wir jetzt litten.

Ich bin niemals ein eifriger Leser gewesen, obgleich ich in meinem Leben viel gelesen habe; aber niemals fand ich Bücher so albern wie die, die ich an diesem Nachmittag in die Hand nahm und wieder beiseite warf. Während die Stunden vergingen, wurde es uns sogar unmöglich, uns zu unterhalten. Ständig horchte entweder der eine oder der andere auf irgendein Geräusch oder spähte von einem Fenster des oberen Stockwerkes über die Dünen hinaus. Aber kein Zeichen deutete auf die Anwesenheit unserer Feinde hin.

Wir besprachen immer und immer wieder meinen Vorschlag bezüglich des Geldes; wären wir im vollen Besitz unserer Geisteskräfte gewesen, so hätten wir ihn sicherlich als unklug verworfen; aber wir waren in ängstlicher Unruhe, griffen nach jedem Strohhalm und beschlossen, meinen Vorschlag auszuführen, obwohl wir dadurch geradezu öffentlich bekanntmachten, dass Huddlestone sich im Dünenhaus befand.

Die Summe bestand teils aus Münzen, teils aus Banknoten und teils aus Wechselbriefen, die auf James Gregory ausgestellt waren. Wir nahmen das ganze Geld, zählten es und steckten es in ein Handköfferchen, das Northmour gehörte. Dann setzten wir einen Brief in italienischer Sprache auf, den er an den Griff des Koffers band. Der Brief war von uns beiden unterschrieben, und wir erklärten unter Eid, dass dies das ganze Geld sei, das bei dem Bankrott des Hauses Huddlestone gerettet worden sei.

Dies war vielleicht die verrückteste Handlung, die jemals zwei sich für vernünftig haltende Menschen begingen! Wäre das Köfferchen in andere Hände geraten als in die, für die es bestimmt war, so waren wir durch unser eigenes schriftliches Zeugnis einer verbrecherischen Handlung überführt. Aber wie ich schon sagte, keiner von uns war in der Verfassung, klar und nüchtern zu urteilen; wir wollten nur irgendetwas tun – egal, ob recht oder unrecht, wenn wir nur nicht dieses entsetzliche Warten länger ertragen mussten. Da wir außerdem beide überzeugt waren, dass in den Dünentälern Spione verborgen lägen, die alle unsere Bewegungen beobachteten, hofften wir, unser Erscheinen mit dem Koffer könnte zu einer Verhandlung und vielleicht zu einer Verständigung führen.

Es war beinahe drei Uhr, als wir aus der Tür des Dünenhauses herauskamen. Der Regen hatte aufgehört; die Sonne schien ganz heiter. Niemals hatte ich die Möwen so dicht um das Haus herumfliegen und sich so furchtlos menschlichen Wesen nähern sehen. Auf der Schwelle selbst flatterte eine Möwe mit schwerem Flügelschlag an unseren Köpfen vorbei und gellte mir ihr wildes Geschrei direkt ins Ohr hinein.

»Da hast du ein Omen«, sagte Northmour, der wie

alle Freidenker sehr zum Aberglauben neigte, »sie denken, wir seien schon tot!«

Ich gab ihm irgendeine scherzhafte Antwort, aber sie kam mir nicht so recht aus dem Herzen, denn der Vorfall hatte Eindruck auf mich gemacht.

Ein paar Meter vor der Gartentür setzten wir das Köfferchen auf einem Rasenfleck ab, und Northmour ließ ein weißes Taschentuch über seinem Kopf flattern. Keine Antwort. Wir erhoben unsere Stimmen und riefen auf Italienisch, wir seien als Unterhändler da, um den Streit zu schlichten; aber kein Laut unterbrach die Stille, außer dem Geschrei der Möwen und dem Donner der Brandung.

Als wir unsere Versuche aufgaben, fühlte ich es wie ein schweres Gewicht auf meinem Herzen, und ich sah, dass Northmour ungewöhnlich blass war. Er sah nervös über seine Schulter, als ob er befürchtete, dass irgendeiner sich zwischen ihn und die Tür des Pavillons geschlichen hätte.

»Bei Gott«, flüsterte er mir zu, »das ist zu viel für mich!«

Ich erwiderte, ebenfalls flüsternd:

»Wenn vielleicht überhaupt niemand da wäre!«

»Sieh dorthin!«, antwortete er mit einer Kopfbewegung, wie wenn er sich fürchtete, mit der Hand in der Richtung zu zeigen.

Ich schaute in die von ihm angedeutete Richtung; und sieh da! aus dem nördlichen Teil des Strandwalds stieg eine dünne Rauchsäule zu dem jetzt wolkenlosen Himmel empor.

»Northmour«, sagte ich, immer noch flüsternd, »es ist nicht möglich, diese Spannung noch länger zu ertragen. Da ist mir der Tod fünfzigmal lieber. Bleib du hier und bewache das Haus; ich will hinausgehen und mich vergewissern, und wenn ich direkt in ihr Lager gehen muss!«

Er sah sich noch einmal mit hervorgequollenen Augen in der Runde um und nickte dann zustimmend zu meinem Vorschlag.

Mein Herz schlug wie ein Schmiedehammer, als ich mit schnellen Schritten in Richtung des Rauchs ging. Obwohl ich bis zu diesem Augenblick vor Kälte gezittert hatte, fühlte ich eine plötzliche Hitze durch meinen ganzen Körper strömen.

Das Gelände war in dieser Richtung sehr uneben; hundert Menschen hätten innerhalb ebenso vielen Quadratmetern neben meinem Wege versteckt liegen können. Aber ich hatte mich nicht vergeblich in solchen

Künsten geübt: Ich wählte meinen Weg so, dass ich immer verborgen blieb und stets mehrere Dünentäler gleichzeitig übersehen konnte.

Es dauerte nicht lange, dann wurde ich für meine Vorsicht belohnt. Als ich plötzlich auf die Höhe einer Düne kam, die etwas höher als die umliegenden Sandhügel war, sah ich keine dreißig Schritte von mir einen Mann, der ganz tief gebückt so schnell, wie es ihm in dieser Haltung möglich war, eine Dünenmulde entlanglief. Ich hatte einen von den Spionen aus seinem Hinterhalt aufgescheucht. Sobald ich ihn sah, rief ich auf Englisch und auf Italienisch laut hinter ihm her. Als er sah, dass er sich nicht länger verstecken konnte, richtete er sich auf, sprang aus der Mulde heraus und lief in schnurgerader Richtung auf den Waldrand zu.

Ich hatte keine Veranlassung, ihn zu verfolgen; ich hatte erfahren, was ich wissen wollte: dass wir im Dünenhaus belagert und bewacht wurden. Ich ging daher sofort, indem ich mich nach Möglichkeit an meine alten Fußabdrücke hielt, zu der Stelle zurück, wo Northmour neben dem Handköfferchen stand und auf mich wartete. Er war sogar noch bleicher als bei meinem Fortgehen, und seine Stimme zitterte ein wenig, als er mich fragte:

»Konntest du sehen, wie er aussah?«

»Ich sah nur seinen Rücken«, antwortete ich.

»Lass uns ins Haus gehen, Frank. Ich glaube, ich bin kein Feigling – aber ich kann das nicht mehr aushalten!«, flüsterte er.

Um den Pavillon herum war alles still und sonnig, als wir wieder hineingingen; sogar die Möwen kreisten in weiteren Bögen und schwebten über dem Strand und den Dünen, und diese Einsamkeit erschreckte mich mehr, als ein ganzes bewaffnetes Regiment es getan hätte. Erst als die Tür verbarrikadiert war, konnte ich wieder aufatmen, und es fiel mir wie eine Last vom Herzen. Northmour und ich sahen einander fest an, und ich glaube, jeder von uns machte sich seine eigenen Gedanken über das weiße und verstörte Gesicht des anderen.

»Du hattest recht«, sagte ich, »es ist alles aus. Wir wollen uns die Hand schütteln, alter Junge, zum letzten Mal.«

»Ja, wir wollen uns die Hand schütteln. Denn, so wahr ich hier stehe, ich habe keinen bösen Gedanken gegen dich, aber denke daran: Wenn es durch irgendeine Unmöglichkeit sich fügen sollte, dass wir diesen Schuften entwischen, dann will ich dich unterkriegen –

egal, ob durch anständige oder durch unanständige Mittel!«

»Ach – du langweilst mich!«

Er schien verletzt zu sein und ging schweigend bis an den Fuß der Treppe; dort blieb er stehen und sagte:

»Du verstehst mich nicht. Ich bin kein Schwindler, und ich sehe mich vor; das ist alles. Ob ich dich langweile oder nicht, Cassilis, das ist mir piepegal; ich spreche zu meiner eigenen Genugtuung und nicht zu deiner Unterhaltung. Geh lieber nach oben und mache dem Mädchen den Hof; ich bleibe hier.«

»Und ich bleibe bei dir«, antwortete ich. »Glaubst du etwa, ich möchte etwas voraushaben, selbst mit deiner Erlaubnis?«

»Frank«, sagte er lächelnd, »es ist schade, dass du ein Esel bist; denn du hast das Zeug zu einem Mann. Ich glaube, ich muss heute verhext sein – du kannst mich nicht ärgern, selbst wenn du's versuchst. Weißt du was«, fuhr er sanft fort, »ich glaube, wir beide, du und ich, sind die unglücklichsten Männer in England. Wir sind nun dreißig Jahre geworden, haben weder Frau noch Kind, haben nicht einmal ein Geschäft, um das wir uns kümmern müssten – klägliche, verlorene, arme Teufel sind wir beide! Und jetzt streiten wir uns um ein

Mädchen! Als ob's nicht etliche Millionen im Vereinigten Königreich gäbe! O Frank, Frank! Wer bei diesem Spiel verliert, sei es du oder ich, der tut mir von Herzen leid! Für ihn wäre es besser – wie heißt es doch in der Bibel? –, ihm würde ein Mühlstein um den Hals gehängt und er würde ins tiefste Meer geworfen. Lass uns ein Glas trinken!«, sagte er plötzlich zum Schluss, aber ohne jede Leichtfertigkeit im Ton.

Seine Worte rührten mich, und ich stimmte ihm zu. Er setzte sich an den Tisch im Esszimmer, hielt das Glas Sherry vor sein Auge und sagte:

»Wenn du siegst, Frank, werde ich anfangen zu trinken. Was willst du tun, wenn es anders kommt?«

»Das weiß Gott.«

»Na, einstweilen wollen wir mal anstoßen: auf die *Italia irredenta*!«

Die restlichen Stunden des Tages vergingen in derselben fürchterlichen Spannung und Erwartung. Ich deckte den Tisch für die Mahlzeit, während Northmour und Clara diese in der Küche vorbereiteten. Ich konnte ihre Unterhaltung hören, während ich hin- und herging, und bemerkte zu meiner Überraschung, dass diese die ganze Zeit mich betraf. Northmour machte spöttische Bemerkungen über Claras Wahl eines Ehemanns; aber er sprach fortwährend mit einem gewissen Gefühl von mir, und wenn er etwas an mir tadelte, so betraf dieser Tadel zugleich ihn selbst. Das erweckte ein Gefühl der Dankbarkeit in meinem Herzen; und dieses Gefühl und die unmittelbare Nähe der Gefahr trieben mir Tränen in die Augen. Eigentlich, so dachte ich – und vielleicht war dieser Gedanke lächerlich eitel –, waren wir hier drei sehr edle Menschen, die wegen eines diebischen Bankiers zugrunde gehen sollten.

Bevor wir uns zu Tisch setzten, sah ich von einem der oberen Fenster nach draußen. Der Tag begann sich zu neigen; die Dünen waren vollkommen menschenleer; das Köfferchen lag immer noch unberührt auf demselben Platz, auf den wir es vor Stunden gestellt hatten.

Der alte Huddlestone setzte sich in einem langen gelben Schlafrock an das eine Ende des Tischs, Clara an das andere; Northmour und ich saßen einander gegenüber zwischen den beiden. Die Lampe brannte hell; der Wein war gut; die Speisen waren zwar zum größten Teil kalt, aber in ihrer Art vortrefflich. Wie wenn wir uns stillschweigend verabredet hätten, wurde jede Anspielung auf die drohende Katastrophe sorgfältig vermieden, und in Anbetracht unserer traurigen Lage waren wir lustiger, als man hätte erwarten können.

Von Zeit zu Zeit standen allerdings Northmour oder ich vom Tisch auf und machten eine Runde durch das Haus, um unsere Verteidigungsanstalten zu besichtigen. Dies brachte jedes Mal den alten Huddlestone zum Bewusstsein seiner traurigen Lage; er starrte mit entsetzten Augen um sich, und auf seinem Gesicht lag für einen Augenblick ein Ausdruck größter Angst. Aber dann leerte er schnell sein Glas, wischte sich mit seinem Taschentuch die Stirn ab und beteiligte sich wieder am Gespräch.

Ich war erstaunt über seine witzigen und klugen Bemerkungen. Huddlestone war sicherlich kein gewöhnlicher Charakter; er hatte viel gelesen und selber beobachtet, und er hatte vernünftige Ansichten. Obwohl es mir niemals möglich gewesen wäre, diesen Mann zu lieben, begann ich doch zu begreifen, wie er ein so erfolgreicher Geschäftsmann hatte sein können, und dass er ein sehr angesehener und geachteter Mann gewesen war, bevor er scheiterte. Er war ein ausgezeichneter Gesellschafter, und obgleich ich ihn nur bei dieser einzigen und sehr ungünstigen Gelegenheit sprechen hörte, muss ich ihn zu den glänzendsten Gesprächspartnern rechnen, die ich in meinen Leben kennengelernt habe.

Er erzählte mit großem Behagen und anscheinend, ohne sich im Geringsten zu schämen, von den Manövern eines schurkischen Börsenmaklers, den er in seiner Jugend gekannt und sich zum Muster genommen hatte, und wir hörten ihm alle drei mit einer eigentümlichen Mischung von Heiterkeit und Verlegenheit zu, als wir plötzlich in sehr überraschender Weise gestört wurden.

Ein Geräusch, wie wenn jemand mit einem nassen Finger über eine Fensterscheibe striche, unterbrach Huddlestone in seiner Erzählung, und im Nu waren wir alle vier weiß wie die Wand und saßen mit gelähmter Zunge und bewegungslos um den Tisch herum.

»Eine Schnecke!«, sagte ich endlich; denn ich hatte gehört, dass diese Tiere ein ähnliches Geräusch machen sollten.

»Hol der Kuckuck deine Schnecken!«, sagte Northmour. »Schscht!«

Derselbe Ton wiederholte sich noch zweimal in regelmäßigen Abständen; und dann rief eine furchtbare Stimme durch die Fensterläden hindurch das italienische Wort: »Traditore!«

Huddlestone warf den Kopf zurück; seine Augenlider zuckten. Im nächsten Augenblick fiel er bewusstlos unter den Tisch. Northmour und ich waren gleichzeitig an den Waffenschrank gerannt und hatten ein Gewehr ergriffen. Clara war aufgesprungen und griff mit der Hand an ihre Kehle.

So standen wir und warteten; denn wir dachten, die Stunde des Angriffs sei sicherlich gekommen. Aber eine Sekunde verging nach der anderen, und rings um das Dünenhaus herum war kein Laut zu hören als das Brausen der Brandung.

»Schnell!«, rief Northmour. »Schnell, wir gehen nach oben, bevor sie kommen!«

Achtes Kapitel

Huddlestones Ende

Indem wir alle drei zugriffen, gelang es uns mit Ach und Krach, Bernard Huddlestone die Treppe hinaufzuschaffen; wir legten ihn auf das Bett in »Onkels Schlafzimmer«.

Während des Transports, wobei wir ihn hart genug anfassten, gab er kein Zeichen von Bewusstsein. Als wir ihn hingelegt hatten, blieb er liegen, ohne einen Finger zu bewegen. Seine Tochter öffnete sein Hemd und wusch ihm Kopf und Brust; Northmour und ich aber liefen an das Fenster.

Das Wetter war immer noch klar; der Mond, der jetzt beinahe voll war, war aufgegangen und verbreitete ein sehr helles Licht über die Dünen. Trotzdem konnten wir, so sehr wir auch unsere Augen anstrengten, nichts bemerken, was sich bewegte. Von ein paar dunklen Flecken in dem Gewirr der Sanddünen ließ sich nicht genau feststellen, was sie eigentlich bedeuteten: Es konnten Menschen sein, die sich zusammengekauert hatten, es konnten auch Schatten sein; etwas Genaues ließ sich darüber nicht sagen.

»Gott sei Dank, dass Aggie heute nicht kommt«, sagte Northmour.

Aggie hieß seine alte Kinderfrau; er hatte bis jetzt nicht an sie gedacht; aber dass er überhaupt an sie dachte, war ein Zug, der mich an dem Mann überraschte.

Es blieb uns wieder nichts anderes übrig, als zu warten. Northmour ging an das Kaminfeuer und hielt seine Hände ausgespreizt über die glühenden Kohlen, wie wenn er frieren würde. Ich folgte ihm mechanisch mit den Augen und drehte dabei meinen Rücken zum Fenster. In demselben Augenblick ließ sich draußen ein sehr schwacher Knall vernehmen; eine Kugel zersplitterte eine Fensterscheibe und fuhr, zwei Daumen breit von meinem Kopf entfernt, in den Holzladen hinein.

Ich hörte Clara aufschreien, und obwohl ich mich sofort mit einem Sprung aus der Schusslinie brachte und in eine Ecke lief, war sie sozusagen vor mir dort und fragte mich, ob ich getroffen sei. Ich fühlte, dass ich jeden Tag und den ganzen Tag auf mich schießen lassen könnte, wenn solche Teilnahme mein Lohn wäre. Ich beruhigte sie mit den zärtlichsten Liebkosungen und vergaß dabei gänzlich unsere Lage, bis Northmours Stimme mich wieder zu mir brachte.

»Eine Windbüchse!«, sagte er. »Sie wollen kein Geräusch machen.«

Ich schob Clara beiseite und sah ihn an. Er hatte seine Hände auf dem Rücken gekreuzt und stand vor dem Feuer. An dem finsteren Ausdruck seines Gesichtes erkannte ich, dass eine heiße Leidenschaft in ihm kochte. Ich hatte einen solchen Blick schon einmal an ihm gesehen, nämlich in jener Märznacht, im Nebenzimmer, unmittelbar bevor er den Angriff auf mich machte. Ich konnte allerdings seinen Zorn vollkommen begreifen, aber ich muss gestehen, ich zitterte wegen der Folgen.

Er starrte gerade vor sich hin, aber er konnte uns aus dem Augenwinkel sehen, und offenbar schwoll der Zorn in ihm mit Sturmesgewalt an.

Draußen lauerten die Feinde auf uns, und nun sollte mir noch ein Kampf in unseren vier Wänden bevorstehen? Dieser Gedanke peinigte mich.

Während ich ihn scharf ins Auge fasste, jeden Zug seines Gesichts beobachtete und mich auf das Schlimmste gefasst machte, sah ich, wie plötzlich seine Züge sich entspannten. Er ergriff die Lampe, die neben ihm auf dem Tisch stand, wandte sich zu uns und sagte:

»Vor allen Dingen müssen wir eins wissen: Wollen sie uns alle niedermetzeln oder nur Huddlestone? Haben sie dich mit ihm verwechselt oder feuerten sie auf dich wegen deiner eigenen ›schönen Augen‹?«

»Ganz gewiss haben sie mich für ihn gehalten«, antwortete ich, »ich bin beinahe ebenso groß wie er, und mein Haar ist blond.«

»Das werde ich feststellen!«, antwortete Northmour. Und er trat an das Fenster heran, hielt die Lampe über seinen Kopf und stand so eine halbe Minute lang, ruhig dem Tod ins Gesicht sehend.

Clara wollte vorwärtsstürzen und ihn von dem gefährlichen Platz zurückreißen; aber ich war verzeihlicherweise so selbstsüchtig, sie mit Gewalt zurückzuhalten.

Northmour trat vom Fenster zurück und sagte kalt:

»Ja, sie wollen nur Huddlestone.«

»Oh, Mr Northmour!«, rief Clara. Weiter konnte sie nichts sagen; die Waghalsigkeit, die sie soeben gesehen hatte, schien über alle Worte zu sein.

Northmour aber sah mich mit zurückgeworfenem Kopf an; seine Augen glühten von einem triumphierenden Feuer. Ich begriff sofort, dass er nur deshalb sein Leben aufs Spiel gesetzt hatte, um Claras Aufmerksamkeit auf sich zu lenken und mir den Ruhm zu nehmen, der Held der Stunde zu sein. Er schnipste mit den Fingern und sagte:

»Das Feuer ist nun eröffnet worden. Wenn sie erst anfangen warm zu werden, werden sie es nicht mehr so genau nehmen.«

Eine Stimme rief uns vom Eingang her zu. Wir konnten vom Fenster aus einen Mann im Mondschein stehen sehen. Er stand unbeweglich, sein Gesicht sah zu uns herauf, und in der Hand hielt er einen weißen Lappen. Obwohl er etliche Schritte vom Haus entfernt bei den Dünen stand, konnten wir das Mondlicht in seinen Augen glitzern sehen, als wir auf ihn hinunterblickten.

Er öffnete wieder seine Lippen und sprach mehrere Minuten lang ohne Unterbrechung so laut, dass er in jedem Winkel des Dünenhauses zu verstehen war, und dass man ihn sicherlich auch am Waldrand verstehen konnte. Es war dieselbe Stimme, die früher schon durch die Fensterläden des Speisezimmers das Wort »Traditore!« gerufen hatte. Diesmal aber sprach er sich in längerer Rede deutlich aus. Wenn der Verräter »Oddlestone« ausgeliefert würde, sollten alle anderen verschont bleiben; wenn nicht, so würde kein Einziger entrinnen, um die Geschichte zu erzählen.

»Nun, Huddlestone, was sagen Sie dazu?«, fragte Northmour, indem er sich zum Bett umdrehte.

Bis zu diesem Augenblick hatte der Bankier kein Lebenszeichen von sich gegeben, und ich wenigstens habe angenommen, dass er immer noch in Ohnmacht liege; aber er antwortete sofort, und zwar in solchen Tönen, wie ich sie sonst niemals gehört habe, außer von einem Kranken, der im Fieberwahn lag. Mit herzzerreißenden Worten beschwor er uns, ihn nicht zu verlassen. Es war der unangenehmste, widerwärtigste Auftritt, den ich mir vorstellen kann. »Genug!«, rief Northmour. Dann stieß er das Fenster auf, lehnte sich in die Nacht hinaus und schrie in frohlockendem Ton, ohne die geringste Rücksicht auf die Anwesenheit einer Dame zu nehmen, dem Abgesandten die fürchterlichsten Schimpf- und Hohnworte, bald auf Englisch, bald auf Italienisch, zu und hieß ihn gehen, woher er gekommen sei. Ich glaube, in diesem Augenblick entzückte Northmour nichts so sehr wie der Gedanke, dass wir alle unfehlbar umkommen müssten, bevor die Nacht vorüber wäre.

Unterdessen steckte der Italiener seine weiße Fahne in die Tasche und verschwand mit gemächlichen Schritten in den Dünen.

»Sie führen auf ehrenhafte Art Krieg«, sagte Northmour, »es sind lauter Gentlemen und Soldaten. Es wäre mir wahrhaftig lieber, wir ständen auf der anderen Seite – du, Cassilis, und ich und auch Sie, mein Liebling – und könnten dieses Geschöpf da im Bett einem anderen überlassen. Ei was! Macht nicht so entsetzte Gesichter! Wir gehen alle mit Extrapost in die sogenannte Ewigkeit, und tun am besten, wir behalten den Kopf oben, solange wir noch Zeit dazu haben. Ich sage euch, wenn ich Huddlestone erdrosseln und dann Clara in meine Arme schließen könnte – ich könnte mit reinem Gewissen stolz und ganz zufrieden sterben. Und auf alle Fälle – bei Gott, einen Kuss will ich haben!«

Bevor ich dazwischenspringen konnte, hatte er das sich sträubende Mädchen mit roher Gewalt im Arm und mehrere Male geküsst. Im nächsten Augenblick hatte ich ihn wütend gepackt und warf ihn gegen die Wand. Er lachte laut und lange, und ich fürchtete, er hätte infolge der Anspannung den Verstand verloren; denn selbst in seiner lustigen Jugendzeit hatte er nur selten und immer sehr ruhig gelacht.

»Nun, Frank«, sagte er, als seine Lustigkeit sich etwas gelegt hatte, »nun bist du dran! Hier ist meine Hand. Grüß Gott, lebe wohl!«

Als er mich entrüstet stehenbleiben sah, während ich Clara an mich gepresst hielt, schrie er mich plötzlich an:

»Mensch! Ärgerst du dich? Glaubtest du denn, wir würden in allen anmutigen Formen gesellschaftlicher Höflichkeit in den Tod gehen? Ich nahm einen Kuss; ich freue mich, dass ich ihn bekam; und nun kannst du dir auch einen nehmen, wenn du Lust hast, und auf diese Weise die Rechnung ausgleichen.«

Ich wandte mich mit einem Gefühl der Verachtung, das ich nicht zu verbergen suchte, von ihm ab.

»Wie du willst!«, sagte er. »Du warst dein Leben lang ein Moralapostel und willst als Moralapostel sterben.«

Dann setzte er sich auf einen Stuhl, legte ein Gewehr auf seine Knie und unterhielt sich damit, das Schloss schnappen zu lassen; aber ich konnte sehen, dass seine übermütige Stimmung – die ich nur dieses eine Mal an ihm bemerkt hatte – bereits verflogen war und dass er sich wieder in einer düsteren, mürrischen Laune befand.

Während dieser ganzen Zeit hätten unsere Feinde in das Haus eindringen können, ohne dass wir etwas davon gemerkt hätten! Wir hatten tatsächlich beinahe die Gefahr vergessen, die über uns schwebte. Auf einmal stieß der alte Huddlestone einen Schrei aus und sprang vom Bett herunter. Ich fragte ihn, was los sei.

»Feuer!«, schrie er. »Sie haben das Haus angezündet.«

Northmour war augenblicklich aufgesprungen und wir beide liefen durch die Verbindungstür ins Nebenzimmer. Dieses war von einem roten und wütenden Licht erhellt. Beinahe gleichzeitig mit unserem Eintritt schlug ein Flammenturm vor dem Fenster empor, und eine Scheibe fiel klirrend nach innen auf den Teppich.

Sie hatten den Vorbau in Brand gesteckt, in welchem Northmour seine photographischen Platten zu entwickeln pflegte.

»Heiße Arbeit!«, sagte Northmour. »Wir wollen es in deinem alten Zimmer versuchen!«

Wir liefen sofort dorthin, stießen den Fensterladen auf und sahen hinaus. An der ganzen Rückwand des Dünenhauses befand sich Brennholz; dieses war wahrscheinlich mit Petroleum getränkt worden; denn trotz dem Regen, der den ganzen Morgen gefallen war, brannte der ganze Holzstoß lichterloh. Das Feuer hatte schon den Vorbau erfasst und machte mit jedem Augenblick Fortschritte; die Hintertür bildete den Mittelpunkt eines brennenden Scheiterhaufens; als wir nach oben schauten, konnten wir sehen, dass die Dachbalken bereits glommen, denn das Dach hing ziemlich weit über und wurde von starken Holzbalken getragen.

Zugleich begannen erstickende heiße Rauchwolken das Haus zu erfüllen. Nach rechts wie nach links war kein menschliches Wesen zu sehen.

»Ah, schön!«, rief Northmour. »Das Ende ist da, Gott sei Dank!«

Wir gingen in »Onkels Schlafzimmer« zurück. Der alte Huddlestone war dabei, sich die Stiefel anzuziehen; er zitterte immer noch an allen Gliedern, aber auf seinem Gesicht lag ein Ausdruck von Entschlossenheit, die ich bis dahin noch nicht an ihm bemerkt hatte. Clara stand dicht neben ihm; sie hatte ihren Mantel in beiden Händen, um ihn über ihre Schultern zu werfen; in ihren Augen lag ein seltsamer Ausdruck, wie wenn sie auf ihren Vater hoffte und zugleich doch an ihm zweifelte.

»Na, Jungs und Mädels«, sagte Northmour, »wie wär's mit einem Vorstoß? Der Backofen wird allmählich heiß; es ist nicht zu empfehlen, dass wir hier drinbleiben und uns backen lassen; ich jedenfalls wünsche die Leute unter die Finger zu bekommen, damit die Geschichte endet!«

»Es bleibt uns nichts anderes übrig«, antwortete ich.

Und Clara sowohl wie der alte Huddlestone sagten, allerdings mit sehr verschiedener Betonung:

»Nichts.«

Als wir die Treppe hinuntergingen, war die Hitze ungeheuer, und das Brüllen der Flammen betäubte unsere Ohren. Wir hatten kaum den Hausflur erreicht, da zersprang das Treppenfenster – ein dicker Flammenarm fuhr durch die Öffnung hinein, und das Innere des Hauses strahlte in fürchterlicher Glut. Im gleichen Augenblick hörten wir im oberen Stockwerk einen schweren Fall. Das ganze Dünenhaus stand offenbar in Flammen wie eine Schachtel Streichhölzer. Die Flammen leuchteten himmelhoch über Land und Meer und das ganze Haus drohte jeden Augenblick über unseren Köpfen zusammenzustürzen.

Northmour und ich spannten unseren Revolver. Huddlestone, der bereits vorher eine Feuerwaffe zurückgewiesen hatte, schob uns gebieterisch zurück und sagte:

»Clara soll die Tür öffnen. So ist sie geschützt, wenn die draußen eine Salve abfeuern. Und ihr stellt euch hinter mich! Ich bin der Sündenbock; meine Sünden haben mich gefunden.«

Während ich atemlos mit schussfertiger Pistole dicht hinter ihm stand, hörte ich ihn mit zitternder Stimme Gebete murmeln; und ich gestehe – so sehr man mir auch das verdenken mag – ich verachtete ihn, dass er in einem so entscheidenden und verhängnisvollen Augenblick an Gebete dachte.

Unterdessen hatte Clara, die totenbleich war, sich aber vollständig beherrschte, die Barrikade von der Haustür entfernt. Im nächsten Augenblick hatte sie sie aufgerissen. Der Feuerschein und das Mondlicht übergossen die Dünen mit einem unbeständigen, in der Farbe wechselnden Glanz, und weit am Himmel entlang konnten wir eine hellbeleuchtete Rauchwolke sehen.

Dem alten Huddlestone verlieh offenbar der Augenblick mehr Kräfte, als er von Natur hatte; er stieß Northmour und mich mit einem gleichzeitigen Schlag mit den Handrücken auf die Brust zurück, und als wir infolgedessen an jedem Eingreifen gehindert waren, warf er seine Arme über den Kopf in die Höhe, wie ein Mensch, der tauchen will, lief aus der Tür heraus und schrie:

»Hier bin ich! Ich – Huddlestone! Tötet mich und verschont die anderen!«

Sein plötzliches Erscheinen muss wohl unsere im Versteck liegenden Feinde überrascht und betäubt haben; denn Northmour und ich hatten so viel Zeit, zur Besinnung zu kommen, Clara zwischen uns zu nehmen und dem Alten zu Hilfe zu springen, ohne dass etwas Weiteres sich ereignete. Aber kaum hatten wir die Schwelle überschritten, so fielen aus allen Richtungen von den Dünen her ungefähr ein Dutzend Schüsse mit Blitz und Knall. Huddlestone taumelte, stieß einen furchtbaren Schrei aus, der mir durch Mark und Bein drang, warf die Arme in die Luft und fiel rücklings auf den Rasen nieder.

»Traditore! Traditore!«, riefen die unsichtbaren Rächer.

Und gerade in diesem Augenblick stürzte ein Teil vom Dach des Dünenhauses ein – so schnellen Fortschritt hatte das Feuer gemacht. Ein verworrenes, aber schreckliches Geräusch folgte dem Einsturz und eine ungeheure Flammensäule stieg zum Himmel auf. Sie muss in diesem Augenblick von der See her auf zwanzig Meilen zu sehen gewesen sein, an der Küste in Graden Wester und im Binnenland vom Gipfel des Graystiel, der am weitesten im Osten gelegenen Höhe der Caulder Hills.

Wie Bernard Huddlestone bestattet wurde, das mag Gott wissen; aber jedenfalls hatte er im Augenblick seines Todes einen schönen Scheiterhaufen.

Neuntes Kapitel

Wie Northmour seine Drohung ausführte

Es würde mir sehr schwerfallen zu erzählen, was unmittelbar nach diesem tragischen Ereignis folgte. Wenn ich in der Erinnerung auf diesen Augenblick zurückschaue, erscheint mir alles verworren, anstrengend und unwirksam, wie der Kampf eines Schläfers mit einem Alptraum.

Ich erinnere mich, dass Clara einen gebrochenen Seufzer ausstieß; sie wäre zu Boden gesunken, wenn nicht Northmour und ich ihren bewusstlosen Körper aufgefangen hätten.

Ich glaube nicht, dass wir angegriffen wurden; ich erinnere mich nicht einmal, einen Angreifer gesehen zu haben, und ich glaube, wir ließen den alten Huddlestone liegen, ohne uns auch nur nach ihm umzusehen. Ich weiß nur noch so viel, dass ich wie von einem panischen Schrecken erfasst nur immerzu lief; bald trug ich Clara in meinen Armen allein, bald teilte ich ihre Last mit Northmour, bald versuchten wir abwechselnd der eine dem anderen die teure Gestalt zu entreißen. Weshalb wir zu meinem Lager in der Hemlock-Kuhle liefen oder wie wir es erreichten, das ist vollständig aus meinem Gedächtnis verschwunden.

Meine Erinnerung beginnt erst mit dem Augenblick, als wir Clara an der Außenseite meines kleinen Zeltes niedergelegt hatten. Northmour und ich taumelten gleichzeitig zu Boden, und er schlug mit dem Kolben seines Revolvers in verhaltener Wut nach meinem Kopf. Er hatte mich bereits zweimal verwundet, und dem Blutverlust, der dadurch entstand, möchte ich es zuschreiben, dass ich plötzlich wieder bei voller Besinnung war.

Ich packte ihn am Handgelenk und rief:

»Northmour, du kannst mich später töten, lass uns erst für Clara sorgen.«

Er lag in diesem Augenblick auf mir. Kaum waren diese Worte über meine Lippen gekommen, so war er auch schon aufgesprungen und lief auf das Zelt zu; und im nächsten Augenblick presste er Clara an seine Brust und bedeckte Hände und Gesicht des bewusstlosen Mädchens mit langen Küssen.

»Pfui!«, rief ich. »Schäme dich!«

Und obgleich mir immer noch schwindlig war, schlug ich ihn mehrere Male auf den Kopf und die Schultern.

Er ließ Clara los und sah mir in dem trüben Mondlicht ins Gesicht. Dann sagte er:

»Ich hatte dich unter mir, und ich ließ dich gehen. Und jetzt schlägst du mich! Feigling!«

»Du bist der Feigling«, antwortete ich. »Wünschte sie deine Küsse, als sie noch bei Bewusstsein war? O nein! Und jetzt stirbt sie vielleicht, und du vergeudest diese kostbare Zeit durch Missbrauch ihrer Hilflosigkeit. Tritt zur Seite und lass mich ihr helfen!«

Er sah mir einen Augenblick blass und drohend ins Gesicht; plötzlich trat er beiseite und sagte:

»So hilf ihr eben!« Ich warf mich neben ihr auf die Knie und öffnete, so gut ich es verstand, ihr Kleid und ihr Mieder; aber während ich damit beschäftigt war, packte plötzlich eine eiserne Faust meine Schulter, und Northmour rief wütend:

»Lass deine Hände von ihr! Denkst du, ich habe kein Blut in den Adern?«

»Northmour«, rief ich, »wenn du weder selbst ihr helfen noch mich ihr helfen lassen willst – dann muss ich dich töten! Verstehst du mich?«

»Das ist auch besser! Lass auch sie sterben – was liegt daran? Weg von dem Mädchen! Und komm heran!«

»Du wirst bemerken«, sagte ich, indem ich mich halb aufrichtete, »dass ich sie noch nicht geküsst habe.«

»Wage es nur!«, schrie er.

Ich weiß nicht, was über mich kam; es war einer von den Augenblicken in meinem Leben, für die ich mich am meisten schäme, obgleich ich – wie meine Frau später oft sagte – wohl wusste, dass meine Küsse ihr stets willkommen sein würden, einerlei, ob sie lebte oder tot wäre. Ich warf mich wieder auf die Knie, strich ihr das Haar aus der Stirn und drückte in zärtlichster Ehrfurcht einen Augenblick meine Lippen auf ihre kalte Stirn. Es war ein Kuss, wie ein Vater ihn geben könnte; es war ein Kuss, wie ihn wohl ein Mann, der bald sterben sollte, einer Frau geben durfte, die bereits tot war.

»Und jetzt«, sagte ich, »steh ich Ihnen zu Diensten, Herr Northmour.«

Aber ich sah zu meiner Überraschung, dass er mir den Rücken zugekehrt hatte.

»Hören Sie nicht?«, fragte ich.

»Ja«, sagte er; »ich höre. Wenn du kämpfen willst – ich bin bereit. Wenn nicht, so tu, was du willst, und rette Clara. Mir ist alles eins.«

Ich ließ mir das nicht zweimal sagen, sondern beugte mich wieder über Clara und bemühte mich von Neuem, sie ins Leben zurückzurufen. Sie lag immer noch bleich und leblos da; ich begann zu fürchten, dass ihre liebe Seele wirklich entflohen sei, ohne Wiederkehr, und Entsetzen und völlige Trostlosigkeit packten mein Herz.

Ich rief in den zärtlichsten Tönen ihren Namen; ich streichelte und rieb ihre Hände; bald legte ich ihren Kopf tiefer, bald stützte ich ihn wieder auf meinen Schoß; aber alles schien vergeblich zu sein – schwer lagen ihre Lider über den Augen.

»Northmour«, sagte ich, »da liegt mein Hut. Um Gottes willen, bringe etwas Wasser von der Quelle.«

Fast im Nu war er mit dem Wasser an meiner Seite.

»Ich habe es in meinem eigenen gebracht«, sagte er, »du missgönnst mir doch nicht dieses Privileg?«

Northmour, wollte ich sagen, während ich ihr Kopf und Brust wusch; aber er unterbrach mich zornig.

»Oh, halt den Mund!«, rief er. »Sage gar nichts! Das ist das Beste, was du tun kannst!«

Ich hatte sicherlich keine Lust zu sprechen; ich hatte nur Gedanken für meine Liebste und ihren Zustand. Und so fuhr ich schweigend fort, mich nach Kräften zu bemühen, um sie wieder zu Bewusstsein zu bringen; und als der Hut leer war, gab ich ihn Northmour und sagte nur das eine Wort:

»Mehr!«

Er hatte mehrere Male frisches Wasser geholt, als Clara endlich ihre Augen wieder aufschlug. Da sagte er:

»Nun, da es ihr jetzt besser geht, so kannst du mich entbehren, nicht wahr? Ich wünsche Ihnen gute Nacht, Herr Cassilis!«

In demselben Augenblick war er im Dickicht verschwunden. Ich zündete ein Feuer an; denn vor den Italienern hatte ich keine Furcht mehr; sie hatten ja alle meine kleinen Habseligkeiten, die in meinem Lager waren, unangetastet gelassen.

Clara war infolge der Aufregung und der entsetzlichen Katastrophe des Abends völlig zusammengebrochen; doch gelang es mir, ich weiß selbst nicht wie, durch Zureden, ermutigende Worte, Wärme und ein paar einfache Arzneimittel, die ich gerade zur Hand hatte, sie körperlich und seelisch wieder etwas zu Kräften zu bringen.

Der Tag war schon angebrochen, da hörte ich ein scharfes »Pst!« aus dem Dickicht. Ich sprang auf, aber gleich darauf hörte ich Northmour in ruhigstem Ton sagen:

»Komm mal her, Cassilis – aber allein; ich möchte dir etwas zeigen.«

Ich fragte Clara mit meinen Augen, und da ich ihre schweigende Erlaubnis erhielt, so ließ ich sie allein und kletterte aus der Kuhle heraus. In einiger Entfernung sah ich Northmour sich an einen Holunderbusch lehnen. Sobald er mich bemerkte, begann er zum Strand hinunterzugehen. Ich hatte ihn beinahe eingeholt, als er den Waldrand erreichte. Da blieb er stehen und sagte:

»Sieh!«

Noch ein paar Schritte, und ich war im Freien. Das Morgenlicht lag kalt und klar über der wolkigen Umgebung. Der Pavillon war nur noch eine rauchgeschwärzte Ruine; das Dach war eingestürzt, genauso eine der Giebelwände; fern und nah waren die ganzen Dünen mit kleinen verbrannten Holzstückchen übersät. Ein dicker Qualm stieg kerzengerade in die windstille Morgenluft empor, und ein großer Haufen glühender Kohlen füllte die nackten Wände des Hauses aus, wie Kohlen in einem offenen Kamin. Dicht bei dem Inselchen lag eine

Schonerjacht, und ein gut bemanntes Boot ruderte mit kräftigen Schlägen auf den Strand zu.

»Der ›Red Earl‹!«, rief ich. »Der ›Red Earl‹ zwölf Stunden zu spät!«

»Greif mal in deine Tasche, Frank! Bist du bewaffnet?«, fragte Northmour.

Ich folgte seiner Aufforderung, und ich glaube, ich muss totenbleich geworden sein. Mein Revolver war mir weggenommen worden.

»Du siehst, ich habe dich in meiner Gewalt«, fuhr er fort. »Ich entwaffnete dich heute Nacht, während du dich um Clara bemühtest; aber heute Morgen – hier! – nimm deine Pistole! Keinen Dank!«, rief er, indem er abwehrend die Hand hob. »Ich liebe so was nicht; es ist das Einzige, womit du mich noch ärgern könntest.«

Er schritt durch die Dünen zum Boot hinunter, und ich ging ein paar Schritte hinter ihm. Als wir am Dünenhaus vorüberkamen, blieb ich stehen und suchte nach der Stelle, wo Huddlestone gefallen war; aber es war keine Spur von ihm zu sehen, nicht einmal eine Blutlache.

»Der Treibsand von Graden Floe«, sagte Northmour.

Er ging weiter, bis wir den Strand erreicht hatten. Da sagte er:

»Nicht weiter, bitte! Möchtest du sie nach Schloss Graden schaffen?«

»Ich danke dir. Ich will versuchen, sie zum Pfarrer in Graden Wester zu bringen.«

Der Bug des Boots lief knirschend auf den Sand auf, und ein Matrose mit einem Tau in der Hand sprang an Land.

»Warte eine Minute, Junge!«, rief Northmour; und dann sagte er mir leise ins Ohr:

»Du brauchst ihr von dem allen nichts zu sagen.«

»Im Gegenteil!«, rief ich laut. »Sie soll alles wissen, was ich ihr sagen kann.«

»Du verstehst mich nicht«, antwortete er mit großer Würde. »Es hat keinen Zweck, dass du es ihr sagst; sie erwartet es von mir. Leb wohl!«

Er nickte mir zu. Ich reichte ihm meine Hand; aber er sagte:

»Entschuldige mich. Ich weiß, es ist kleinlich; aber das kann ich nicht über mich bringen. Ich will keine Gefühlsduselei, mich als weißhaariger Wanderer an eurem Herd niederzulassen und so weiter. Ganz im Gegenteil, ich bete zu Gott, dass meine Augen weder dich noch sie jemals wiedersehen.«

»Nun, Gott behüte dich, Northmour!«, sagte ich herzlich.

»O ja«, erwiderte er.

Er ging über den Strand hinunter. Der Matrose, der an Land gesprungen war, half ihm ins Boot hinein; dann schob er es ins Wasser und schwang sich selbst auf den Bug hinauf. Northmour ergriff das Steuer; das Boot erhob sich auf die Wogen, und die Riemen in den Dollen klangen scharf und rhythmisch durch die Morgenluft.

Sie waren noch nicht die halbe Strecke zum »Red Earl« hinüber, und ich sah ihnen immer noch nach, wie sie fuhren, da stieg die Sonne aus dem Meer auf.

* * *

Noch ein Wort, und meine Geschichte ist fertig. Jahre später fiel Northmour unter Garibaldis Fahnen im Kampf für die Befreiung Tirols.

Zu dieser Ausgabe

Der Text folgt der Ausgabe:

Robert Louis Stevenson: John Nicholson, der Pechvogel. Das Holzhaus in den Dünen. Übers. von Heinrich Conrad. München: Georg Müller, 1926.

Die Erzählung wurde erstmals in der englischen Zeitschrift *Cornhill Magazine* abgedruckt (Vol. 42, September 1880, S. 307–327, und Oktober 1880, S. 430–451).

Die Übersetzung wurde für die vorliegende Ausgabe durchgesehen und sprachlich behutsam überarbeitet.

Anmerkungen

7,3 *Graden:* fiktives Gebiet in Schottland, das inspiriert ist von realen Ortsnamen, in denen »Graden« enthalten ist, und allgemein von schottischen Bezeichnungen für (ausgedehnte) Besitzungen und Landgüter. Typisch sind etwa Namenszusätze wie *Wester* (westlich), *Easter* (östlich), *Upper* (oberhalb/nördlich) und *Nether* (unterhalb/südlich), um bestimmte Teilgebiete eines Besitzes näher zu bezeichnen. Laut dem Literaturwissenschaftler und Stevenson-Herausgeber Karl-Heinz Wirzberger liegen die Schauplätze der Handlung in der Nähe von North Berwick, einer kleinen schottischen Küstenstadt ca. 40 km von Edinburgh entfernt.

8,19 *Meilen:* Längenmaßeinheit, die ursprünglich aus dem antiken Römischen Reich stammt; die englische Meile entspricht ca. 1,609 km.

11,4 *Treibsandstellen:* Treibsand: Gemisch aus feinkörnigem, durchlässigem Sand in (Meer-)Wasser. Der Sand sieht von außen fest aus, doch bei Druckeinfluss gibt er nach. Insbesondere beim Aufkommen der Flut können Treibsandstellen zur Todesfalle werden.

20,7 *Schonerjacht:* Schoner: Segelschiff mit zwei oder mehr Masten.

21,12 *Bug:* Vorderteil eines Schiffsrumpfs.

26,1 *Fuß:* früher weit verbreitetes, heute nur noch in England übliches Längenmaß. Ein Fuß entspricht 30,48 cm (also 12 Zoll).

26,14 *Leeküste:* in der Schifffahrt Bezeichnung für eine Küste, die sich auf der dem Wind abgewandten Seite eines Schiffes befindet. Da der Wind von der anderen Seite (Luv) her weht, treibt er das Schiff auf die Küste zu, was gefährlich sein kann.

28,6 *Highland-Mantel:* Mantel aus schwerem und wetterfestem Material, der hoch geschlossen werden kann und deshalb gerne in rauen Gegenden, hier speziell in den schottischen Highlands, getragen wird.

60,13 *Pfund:* Pfund Sterling oder britisches Pfund; englische Währung und eines der ältesten Währungssysteme weltweit.

62,1 *Siete Italiano?:* (ital.) Sind Sie Italiener?

62,2 *Si, Signore:* (ital.) Ja, mein Herr.

62,15 *Cauld Haven:* fiktiver Hafen (engl. *haven* ›Hafen‹).

79,9 *Carbonari:* Angehörige eines im 19. Jahrhundert für die Freiheit und Einheit Italiens eintretenden Geheimbundes, der *Carboneria,* der in seiner Form stark an die Freimaurer erinnert. Der Name stammt von den Köhlern (ital. *carbone* ›Kohle‹). Der Geheimbund entstand in der napoleonischen Zeit in der Gegend von Neapel, fasste später aber auch Fuß im Piemont in Norditalien. Die Carbonari trugen zur Entwicklung der Einheitsbewegung des Risorgimento bei, das 1861 mit der Ausrufung des Königreichs Italien der Zerstückelung und Fremdherrschaft in Italien ein Ende setzte.

79,12 *Trentino:* Trient; südlicher Teil der norditalienischen Region Trentino-Südtirol.

86,18 *Kalmücken:* westmongolisches Volk, das bis ins 20. Jahrhundert vor allem nomadisch lebte, heute hauptsächlich in der Russischen Teilrepublik Kalmückien beheimatet.

88,24 *Leber:* Die Anspielung auf die Leber geht auf die Humoralpathologie zurück, eine aus der Antike stammende und bis ins 19. Jahrhundert verbreitete medizinische Lehre, welche die Organe als Sitz bestimmter Charaktereigenschaften oder Stimmungen ansieht. In der daraus abgeleiteten Temperamentenlehre wird der Einfluss der Leber in Verbindung gebracht mit dem Typ des Cholerikers und teilweise auch dem des Melancholikers (dem auch die Hysterie als weibliche Ausprägung zugerechnet wird). Die Redewendung von der Laus, die über die Leber gelaufen ist, leitet sich davon ab. Der reizbare Charakter von Huddlestone passt hierzu, und Northmours scherzhafte Bemerkung zielt darauf ab, dass Huddlestone zwar sein Gewissen zum Schweigen gebracht habe, seine Leber aber nicht gut genug im Griff habe.

91,19 *pro rata:* (lat.) anteilig.

102,16 *Italia irredenta:* (ital.) unerlöstes Italien; Losung des italienischen Irredentismus, einer Bewegung, die die Einheit der italienischsprachigen Gebiete, besonders die Eingliederung der Gebiete Trentino und Triest, später aber auch von Dalmatien, Istrien (hauptsächlich Gebiete des heutigen Kroatien) und dem Tessin, forderte.

105,22 *Traditore:* (ital.) Verräter.

119,22 f. *Graystiel:* fiktiver Berg in Schottland.

119,23 *Caulder Hills:* fiktive Bergkette in Schottland.

130,8 *Riemen:* Seemannssprache: Ruder.

130,8 f. *Dollen:* drehbare eiserne Gabeln an der Bordwand, in denen die Ruder aufliegen.

130,15 *Garibaldi:* Giuseppe Garibaldi (1807–1882), italienischer Freiheitskämpfer und eine der wichtigsten Figuren des Risorgimento. Ende 1833 trat er den Carbonari bei und nahm 1834 an einem Aufstand im Piemont teil, der scheiterte. Garibaldi wurde daraufhin zum Tode verurteilt und floh zunächst nach Marseille, später nach Brasilien. 1848 kehrte er nach Italien zurück, um an den italienischen Revolutionen von 1848 und 1849 teilzunehmen. Berühmt ist sein »Zug der Tausend«, bei dem er von Genua aus mit tausend sogenannten »Rothemden« nach Süden segelte, um Sizilien und Neapel von der Herrschaft der Bourbonen zu befreien. Er wird noch heute als Nationalheld angesehen und ist einer der bekanntesten Protagonisten der italienischen Geschichte.

Nachbemerkung

»*Das Haus in den Dünen* markiert den Höhepunkt von Stevensons Genialität und würde allein – ohne eine einzige weitere Zeile – ausreichen, um ihm einen festen Platz unter den großen Erzählern seiner Zeit zu sichern. Stevensons Stil ist stets von höchster Reinheit, und seine Vorstellungskraft ist meist lebendig, doch in dieser einen Erzählung verbindet sich der glücklichste Gebrauch der Sprache mit der fesselndsten und konzentriertesten Spannung.«

Dieses große Lob stammt aus der Feder von Arthur Conan Doyle, der durch seine Figuren Sherlock Holmes und Dr. Watson weltbekannt wurde. Er ist einer der vielen Autoren, die von Stevensons Werk beeinflusst wurden, wie auch z. B. Marcel Proust, Henry James, Rudyard Kipling, Cesare Pavese, Bertolt Brecht,

Ernest Hemingway, Jack London und Vladimir Nabokov.

Der 1850 in Edinburgh geborene Robert Louis Stevenson ist schon zu Lebzeiten ein gefeierter Autor, der vor allem auch für seinen literarischen Stil bekannt ist und von dem es heißt, dass jedes Wort stimme. Ganz nach seiner eigenen Maxime »Kunst ist Handwerk« feilt er an seinen Sätzen, bis sie in Charakter, Klang und Rhythmus perfekt sind – und überzeugt damit auch die Kritiker: »Er schien das richtige Wort mit der Spitze seines Füllfederhalters aufzuspießen, wie ein Mann, der Mikado spielt«.

Seine Bekanntheit lässt allerdings schon bald nach seinem frühen Tod – Stevenson stirbt 1894 mit nur 44 Jahren, vermutlich an einer Hirnblutung – stark nach, und über lange Zeit im 20. Jahrhundert gilt er als zweitklassiger Schriftsteller. In den 1970-er und 1980-er Jahren, Höhepunkt seiner Missachtung, wird er in Anthologien der englischen Literatur nicht einmal erwähnt. Eine derjenigen, die Stevenson als unbedeutend abwerten, ist übrigens ausgerechnet Virginia Woolf, die Tochter von Stevensons früherem Mentor Leslie Stephen. Stephen hatte Stevenson von Anfang an zum Schreiben ermutigt und als Herausgeber der Literaturzeitschrift *The Cornhill Magazine* dort unter anderem *Das Haus in den Dünen* veröffentlicht. Doch die Zeiten ändern sich, und mit dem Aufkommen der klassischen Moderne und von Autoren wie Franz Kafka oder James Joyce wird Stevenson zusehends nur als Autor von Kinderbüchern und Horrorgeschichten gesehen. Dieses Etikett verdankt Stevenson seinen beiden berühmtesten Werken, dem Roman *Die Schatzinsel* (1881/82) und der Schauernovelle *Der seltsame Fall des Dr. Jekyll und Mr. Hyde* (1886). *Die Schatzinsel* ist tatsächlich als Jugendbuch entstanden, und zwar für Stevensons Stiefsohn Lloyd Osbourne. Stevenson hatte dem damals zehnjährigen Lloyd die Landkarte einer Insel gezeichnet, die er als Schatzinsel bezeichnete – und die ihn seinen eigenen Aussagen zufolge so sehr inspirierte, dass er sie zur Grundlage eines Romans machte. Ebenfalls einer Inspiration aus dem echten Leben ist die Novelle *Der seltsame Fall des Dr. Jekyll und Mr. Hyde* zu verdanken: Hier ist es die wahre Geschichte des Tischlers und Stadtrats von Edinburgh, William Brodie, der dadurch Aufsehen erregte, dass er tagsüber als Vorzeigebürger lebte und nachts als Krimineller vor allem Einbrüche beging. Diese dienten ihm nicht nur dazu, seine Spielsucht zu finanzieren, sondern waren für ihn wohl auch eine Möglichkeit, seine Lust am Verbotenen auszuleben. Stevenson macht daraus die Geschichte eines Schizophrenen, der nach der Einnahme einer Tinktur seine Persönlichkeit verändert und seine sonst unterdrückten Triebe und Leidenschaften auslebt. Dass Stevenson von William Brodies Geschichte fasziniert ist, liegt sicher hauptsächlich am Thema der gespaltenen Persönlichkeit, das gerade im 19. Jahrhundert durch die starke Beschäftigung mit der menschlichen Psyche besonders aktuell war. Ein bisschen mag es aber auch daran liegen, dass in Stevenson Elternhaus Möbelstücke des 1788 hingerichteten Brodie standen.

Bereits dieser schnelle Blick auf einen der berühmtesten Texte des Autors, *Dr. Jeckyll und Mr. Hyde*, zeigt, dass man Stevenson mit vorschnellen Kategorisierungen Unrecht tut. In seine Werke sind damals aktuelle wissenschaftliche Studien wie die zur Psychologie, literarische Vorbilder wie Edgar Allan Poe oder Walter Scott und literarische Genres wie der Abenteuerroman, der historische Roman oder die Novelle eingeflossen. Neben Prosatexten verfasst Stevenson außerdem Gedichte und Theaterstücke, Reiseberichte, Essays und Kurzgeschichten – und ist damit ein extrem vielfältiger Autor.

Diese Vielfalt sehen wir auch in *Das Haus in den Dünen*: Die aus neun Kapiteln bestehende Erzählung scheint zunächst eine Mischung aus Reisebericht und Abenteuergeschichte zu sein. Der Protagonist Frank Cassilis – aus seiner Perspektive wird erzählt –, stammt aus gutem Haus, zieht aber aus Langeweile, oder um die Gesellschaft zu meiden, mit einem mit dem Nötigsten bepackten Pferdekarren durch Schottland. Was ihm dann, eigentlich durch Zufall, weil er sein Lager in den Ländereien seines alten Freundes Northmour aufschlägt, widerfährt, passt perfekt in eine Abenteuergeschichte: eine halbe Schlägerei im Dunkeln, seine Beobachtungen des Geschehens zwischen Strand und Haus aus sicherer Entfernung, dann später der Kampf an der Seite von Northmour und Clara gegen die Feinde, die sich als Italiener herausstellen, und ein fulminanter Showdown am Ende. Doch mit den Italienern, die eben nicht nur Italiener sind, sondern dem Geheimbund der Carbonari angehören, flicht Stevenson zeitgenössische politische Geschehnisse mit ein: Die Aufstände der Carbonari liegen 60 Jahre zurück, Garibaldis »Zug der Tausend« gerade mal 20 Jahre. Damit enthält die Erzählung auch Elemente eines historischen Romans oder einer historischen Erzählung. Außerdem finden wir Elemente von Seefahrergeschichten, da sich das Geschehen in den durch den Treibsand recht gefährlichen Dünen abspielt; und mit der »Red Earl«, der Jacht von Northmour, werden die Schwierigkeiten der Seefahrt und vor allem des Landens bei ungünstigen Wetterverhältnissen thematisiert.

Während dies alles noch mehr oder weniger in das Panorama einer abenteuerlichen Erzählung passt, haben wir allerdings auch etwas ungewöhnlichere Elemente. Die Erkundigungen, die Cassilis im benachbarten Ort einholt, erinnern an die Arbeit von Detektiven wie Poes Auguste Dupin oder Doyles Sherlock Holmes. Eine Dramatik der ganz anderen Art erhält die Geschichte durch die Liebesthematik, die letztlich alles wie eine Klammer zusammenhält. Denn hätte sich unser Held nicht zumindest auf den zweiten Blick in Clara Huddlestone verliebt, wäre er vielleicht schon viel schneller abgereist. Und hätte sich Northmour nicht schon zuvor in Clara verliebt, dann wäre er wohl nie auf den Gedanken gekommen, dem bankrotten Vater von Clara, Bernard Huddlestone, zu helfen. Besonders pikant wird die Liebesgeschichte dadurch, dass beide Männer dieselbe Frau lieben – ein Detail, durch das auch die Psychologie einen wichtigen Platz innerhalb des Romangeschehens erhält. Der äußeren Spannung durch die ständig lauernde Gefahr durch die Italiener entspricht eine Spannung, die durch die Gefahr ›von innen‹ hervorgerufen wird – eine Gefahr, die von den manchmal nur schwer zu kontrollierenden Gefühlen der beiden eigentlich befreundeten Männer ausgeht.

Dabei ist die psychologisch interessanteste Figur sicherlich Northmour. Schon sein Name weckt Assoziationen an das Dunkle, Geheimnisvolle: Neben dem Norden (engl. *north*) klingen mit *-mour* sowohl das Moor (engl. *moor*) als auch die Trauer (engl. *to mourn* ›trauern‹) in seinem Nachnamen an. Während die Menschenfeindlichkeit, die unsere beiden Freunde bereits in der Collegezeit verbunden hat, bei Cassilis mehr wie eine Laune der verwöhnten Oberschicht daherkommt, erscheint sie bei Northmour tiefer in seinem Charakter verankert zu sein. Hinzu kommt seine Unberechenbarkeit, die sich schon in der Vorgeschichte gezeigt hat: Cassilis erzählt zu Beginn, dass das Zusammenleben der beiden ein abruptes Ende gefunden habe, als Northmour ihn eines Abends tätlich angegriffen habe. Mit diesem Vorwissen wird die Spannung, die zwischen den beiden mittlerweile zu Rivalen um die Hand der schönen Clara gewordenen Männern schwelt, als fast schon unerträglich beim Lesen spürbar.

Die Engführung von äußerer und innerer Handlung sowie die Spannung werden durch Symbole in Szene gesetzt: Dazu gehören der einsam durch den Wind flatternde Hut des im Treibsand verschwundenen Feindes, der mehr Grauen erregt, als wenn Cassilis das Geschehen selbst beobachtet hätte; der Treibsand selbst, den Northmour einmal als seinen persönlichen Friedhof bezeichnet (»Ich habe meinen Privatfriedhof für meine Freunde«, S. 75); oder das Feuer, das den Ausbruch des Kriegszustands mit den Italienern ebenso versinnbildlicht wie die kaum noch zu unterdrückende Leidenschaft der beiden verliebten Männer und ihr Hass auf den Rivalen. Mit Rivalen in Liebesdingen hatte Stevenson übrigens selbst Erfahrung, wenn auch etwas anders gelagert: In dem Jahr, als *Das Haus in den Dünen* erscheint, heiratet er endlich Fanny Osbourne, die er vier Jahre zuvor als verheiratete Frau kennengelernt hatte und die sich jahrelang nicht zur Scheidung von ihrem Ehemann entschließen konnte.

Vielleicht liegt das Geheimnis von Stevensons Texten in der perfekten Mischung, darin, dass er die verschiedenen Elemente in ein ausgewogenes Verhältnis bringt. Indem ihm die kunstvolle Verbindung von Vorbildern und eigenen Einfällen, Inspiration und harter Arbeit am Text, von Fiktion und Realität gelingt, hat er den Lesern ein vielfältiges Werk hinterlassen, das den von ihm selbst formulierten Ansprüchen an Literatur zweifellos gerecht wird:

> »Bei allem, was den Namen Lesen wirklich verdient, sollte der Vorgang selbst fesselnd und sinnlich sein; wir sollten ein Buch verschlingen, ganz aus uns selbst herausgerissen werden und nach der Lektüre aufstehen, den Kopf erfüllt von einem geschäftigen, kaleidoskopartigen Tanz der Bilder, unfähig zu schlafen oder einen zusammenhängenden Gedanken zu fassen. Die Worte, wenn das Buch beredt ist, sollten uns fortan in den Ohren klingen wie das Tosen der Brandung, und die Geschichte, wenn es eine Geschichte ist, sich vor unserem inneren Auge in tausend bunten Bildern wiederholen.«

Inhalt

Das Haus in den Dünen
5

Zu dieser Ausgabe
133

Anmerkungen
135

Nachbemerkung
141